Diese Geschichte ist eine Familiengeschichte, jedenfalls zum großen Teil. Oder einfach nur, weil es um eine Familie geht. Eine kleine Familie, bestehend aus Vater, Mutter und Kind – genauso wie man es früher schon im Kindergarten oder auf dem Spielplatz mit den anderen Kindern spielte. Die heile sonnige Welt mit dem so genannten Normalfall mit einem Vater, einer Mutter und einem Kind.

In diesem Falle ist es der Vater Michael, die Mutter Ramona und die Tochter Karina. Die Namen aller Beteiligten sind in diesem Buch geändert. Das ist wichtig, da es sich um eine wahre Geschichte handelt, die von der Mutter Ramona erzählt wird.

Diese Familie, die kleinste Zelle der menschlichen Gesellschaft verbringt in dieser Gemeinschaft so etwa zwanzig Jahre gemeinsam. Sie teilt Freud und Leid, erlebt Höhen und Tiefen, streitet sich auch mal und findet immer wieder zusammen zu einer Einheit.

Wir verfolgen diese kleine Zelle, die durch Liebe und Zuneigung zusammenhält, durch mehrere Jahre. Interessant wird die Geschichte in dem Moment, als nicht mehr nur Freude herrscht. Krankheit wirft alles durcheinander und es geht nur noch darum, wie weit das Band der Familie durch eine chaotische Zeit hält, wie viel Unterstützung durch Familie und Freunde da ist und wie man diese böse Zeit gemeinsam überstehen kann.

Fußball und immer wieder Fußball. Wir sind schon so lange dabei und haben mit den Kumpels schon viel erlebt. Wir machen da noch einmal mit. Schmerzen im Knie? Ach, geht schon. Michael, mach mal! Heute stehst du im Tor. Ausruhen kannst du, wenn du alt bist.

Immer ging alles gut und dann kam doch dieser schwere Unfall. Kreuzbandriss, Meniskusschaden, Krankenhaus. Sah alles nicht so gut aus, fühlte sich auch nicht gut an. Und für die Familie war es auch nicht schön, Papa war nicht da, er lag im Krankenhaus.

Nach der Operation schaute ich mir das Knie an und war negativ begeistert. Wie kann man so eine OP-Naht machen? Es sah aus, als hätte man dickes Seil zum Nähen benutzt. Es wird alles wieder verheilen, alles wird gut. Im Moment gab es wichtigeres. Das Knie musste wieder funktionieren. Wir waren Mitte Dreißig und hatten ein heranwachsendes

Kind. Bei uns war noch das pralle Leben angesagt und nicht irgendeine Ahnung von Pflegefall. Laufen und Fahrrad fahren wollten wir, und das wollten wir gemeinsam tun. Es sollte nicht unbedingt wieder Fußball sein.

Es war gerade Herbst, die Familie ging gemeinsam zum Spielplatz. Ganz in der Nähe hatten wir den Platz mit diesem riesengroßen Sandkasten, daneben noch einen zweiten großen Platz mit Klettergerüst, Schaukeln und anderen Spielereien und am Rand gab es viele Bänke. Die Muttis waren beim Schnattern und dazwischen saß unser Papa mit den Gehhilfen. Das Wort Krücken wollte ich nicht hören, es war absolut out.

Aber bei dem, was ich sah und erlebte, passte das Wort Krücken doch ganz gut, es umschrieb unsere Situation genau. Das tägliche Leben sah sehr behindert aus. Strümpfe anziehen, Hose anziehen – da vergeht viel Zeit. Schuhe anziehen, die

Treppe runter – auch das dauert lange, wir wohnen oben, drei Etagen bis ganz nach unten. Und dann wieder drei Etagen bis ganz nach oben.

Und dann wurde es ganz interessant. Die Krankenkasse brachte dieses Übungsgerät zu uns nach Hause. Eine ganz tolle Sache. Täglich sollte damit die Beugung des Knies geübt und verbessert werden. Wir machten daraus ein Familientreffen. Wir lagen zu dritt auf dem großen Doppelbett, Michael ließ üben und schlief dabei meistens ein. Karina lag neben uns. Sie war in der zweiten Klasse und sollte das Lesen üben. Jeden Abend hörten wir von ihr eine Geschichte von Pippi Langstrumpf. Ich war als Familienmanager tätig und überwachte das Ganze.

So überstanden wir den Winter mehr schlecht als recht und dann kam der März, es wurde Frühling. Noch einmal wurde das Knie operiert, so war der Plan. Eine langwierige

Geschichte, die sich noch bis über den Sommer hinzog und wir waren froh, als die Gehhilfen endlich im Keller verschwanden.

Im Jahr 2000 beschloss der Familienrat, die Stadt S. zu verlassen. Wir waren inzwischen mit einem Auto ausgestattet und fuhren an den Wochenenden gern in den Harz. Die Gegend gefiel uns so gut, dass wir in Erwägung zogen, unseren Wohnsitz dorthin zu verlegen. Arbeit hatten wir zu der Zeit beide nicht, da blieben nur zwei Möglichkeiten. Wir versuchen es in einer anderen Gegend oder „alles wird gut und besser".

Mit einem zwölfjährigen Mädchen die Abende und Wochenenden auf dem Fußballplatz zu verbringen hat Vor- und Nachteile. Wir hatten Bewegung an frischer Luft und immer Kontakt zu Menschen. Die Gespräche auf einem Sportplatz sind aber nicht unbedingt die richtige Kommunikation für ein heranwachsendes Mädchen. Wir waren uns einig, man kann seine Freizeit auch anders verbringen.

Gesagt - getan. Der Harz war jetzt noch öfter unser Reiseziel. Wir sahen uns Wohnungen an, suchten Einkaufsmöglichkeiten, Schulen, natürlich auch Ärzte. Wir fanden dann genau das, was uns allen gefiel. Und es ging los. Aufräumen, aussortieren, wegschmeißen, organisieren, packen, aufräumen, organisieren, packen, wieder aufräumen, wieder putzen, immer wieder wegschmeißen... Und trotzdem hatten wir noch so viele Dinge, dass wir für den Umzug zwei Möbelwagen brauchten. Aber Anfang Oktober war alles überstanden und unsere Socken hingen endlich woanders auf der Leine.

Dass Michael schon nach drei Tagen beim ansässigen Fußballverein angemeldet war, noch bevor unser Auto ein neues Kennzeichen trug, war nicht geplant. So stehen Männer zu gemeinsamen Abmachungen. Aber eigentlich hätte das auch vorher schon klar sein können, oder klar sein müssen. Kontakte sind in einer neuen Umgebung nötig und ich hatte nichts dagegen. Ich selbst würde aber nie wieder in meinem Leben Menschen auf einem Fußballplatz kennenlernen. Die Freizeit sollte für die Familie sein und in anderer Umgebung stattfinden.

Der Harz gefiel uns und hier gab es die besten Möglichkeiten dafür. Wir hatten so viel zu sehen und zu erkunden. Dabei gab es nur gute Gedanken in unseren Köpfen und wir stellten uns unser Leben jetzt wunderbar vor. Für Karina ging die Schule los, wir hatten mit Einräumen, Ummeldungen und mit dem Erkunden der Stadt zu tun. Und dann sollte es losgehen, das gute Leben mit neuer Arbeit, neuen Freunden...

Dabei ahnten wir noch nicht, wie schwer es wirklich wird. Neue Arbeit, ein äußerst optimistisches Vorhaben, das konnten wir nicht sofort in die Tat umsetzen. Und somit hatten wir auch nicht die Gelegenheit, neue Kontakte zu knüpfen.

Ich komme gern mit Menschen ins Gespräch, aber es ist unwichtig und belanglos, über das Wetter zu reden. Das kann man nicht als Gespräch bezeichnen. So findet man keine Freunde, also Menschen, die man mag und versteht, mit denen man Gedanken austauschen kann und auf die man sich verlassen kann.

Zunächst half uns der Verein KONTIKI, ansässig auf einem Bauernhof weit außerhalb der Stadt. Karina hatte in ihrer Klasse ebenfalls Schwierigkeiten, Fuß zu fassen. Sie war in einer Phase der Pubertät, in der sie nicht so leicht auf andere zugehen konnte und sie wollte auch nicht mit jedem kommunizieren. Der Umgang mit den Tieren tat ihr gut und so machten wir uns fast täglich auf den weiten Weg zu den Pferden,

Kaninchen, Hund und Katzen. Hier erlebten wir schöne Stunden für die ganze Familie. Osterfeuer, Drachenfest, Stockbrotbraten – eine herrliche Zeit in der Natur. Hier wurde auch immer Hilfe gebraucht und wir fühlten uns rundherum wohl.

Dann ging für Karina die Schule zu Ende und die Suche nach einem Ausbildungsplatz lief seit langem. Natürlich sollten Tiere in ihrem Leben eine Rolle spielen, etwas anderes kam in ihren Gedanken nicht infrage. Und wir fanden die Idee auch ganz toll, weil sie gut mit Tieren umgehen konnte. Bei den Bewerbungen für einen Ausbildungsplatz gab es nur Absagen, immer wieder gingen neue Bewerbungen auf die Reise, leider ohne Erfolg.

An einem Sonntag ging die Familie gemeinsam durch die Stadt und wir kamen an einem Fachwerkhaus vorbei. „Besuchen Sie unsere Jugendbauhütte!" stand an der Tür. Wir gingen auf den Hof und schauten uns um. Viele Jugendliche liefen in Arbeitskleidung herum, an den Tischen saßen die Gäste und tranken Kaffee. Es wurde über den Fachwerkbau informiert und viele Prospekte lagen zum Mitnehmen bereit. Auch wir schauten uns um und lasen zum ersten Mal etwas über das freiwillige Jahr für Jugendliche. Eine Broschüre informierte darüber, dass es dieses Jahr im sozialen, im ökologischen Bereich oder auch in der Denkmalpflege gibt. Jugendliche bis zur Vollendung des 27.Lebensjahres konnten sich dort bewerben und wir hatten die Hoffnung, dass ein ökologisches Jahr auch im Bereich Tierpflege möglich ist. Hier gab es neben der Unterkunft und Verpflegung auch ein kleines Taschengeld und man konnte testen, ob der ausgesuchte Beruf wirklich der richtige war.

Viele Bewerbungen gingen auf die Reise und wir besuchten viele Bauernhöfe in der Umgebung und auch etwas weiter weg. Ein Biohof in der Nähe von Stendal gefiel uns sehr gut und die Menschen hinterließen einen tiefen Eindruck bei uns. Der Hof und seine Bewohner waren genauso, wie wir uns Bio vorgestellt hatten.

Alle Tiere bewegten sich frei auf dem Hof und rannten durcheinander. Die Menschen liefen barfuß oder in Biolatschen, in dem kleinen Laden wurden Kräutertees, Honig und andere Produkte aus eigener Herstellung verkauft. Karina sollte dort sofort Traktor fahren lernen.

Mir wurde flau im Magen. Das war es wohl, was man den Abnabelungsprozess nannte. Irgendwann lässt es sich nicht mehr verdrängen, das Kind wird aus dem Haus gehen. Wenn die Suche nach einem Ausbildungsplatz beginnt, denkt jede Mutter

zuerst, hoffentlich nicht so weit weg. Die Väter werden nicht anders denken, werden es aber nie zugeben. An dem geflügelten Wort „Väter und ihre Töchter" wird schon etwas dran sein. „Mütter und ihre Söhne", diese Konstellation bietet sicher genug Gesprächsstoff mit dem gleichen Thema, aber ich habe keinen Sohn. Und Michael behielt seine Gedanken für sich.
Von diesem Biohof haben wir leider nie wieder etwas gehört.

Karina entschied sich immer öfter für eine kurze Probearbeitszeit, Schnuppertage wäre in diesem Fall die richtige Bezeichnung dafür. Von der Arbeit auf einem Ziegenhof mit Käserei brachte sie Düfte mit, die scheinbar in die Haut gebrannt waren. Ich hatte das Gefühl, als müsste ich sogar das Radio mit in die Waschmaschine stecken. Auf diesem Hof gefiel es ihr sehr gut. Aber sie wurde auch dort nicht genommen. Die Zahl der Bewerber war zu groß. Immer wieder stellten wir fest, dass die männlichen Bewerber in diesem Bereich bessere Karten hatten, denn man war der Meinung, dass sie besser zupacken könnten.

Auf unserer Liste hatten wir noch einen Bauernhof in T., den wir ebenfalls besuchten. Der Bauer mit seinen beiden Töchtern züchtete eine kleine rotbraune kuschelige Rinderrasse, das „Harzer Rotes Höhenvieh" und er suchte Unterstützung.
Er hatte zu seinem 40. Geburtstag die erste Kuh dieser Rasse geschenkt bekommen. Mit den Jahren hatte die Zucht Erfolge gebracht. Eine größere Herde ließ es sich auf den umliegenden Weiden gut gehen und sorgte dafür, dass die Arbeit immer mehr wurde. Und hier hatte Karina dann endlich Glück. Neben zwei kräftigen Burschen wurde auch sie für die Hilfe eingestellt.

Da das freiwillige ökologische Jahr im September seinen Anfang hatte, kam schnell der Winter und für ein junges Mädchen war das eine schwere Zeit. Die Arbeit mit den Tieren, ein langer Tag in Kälte, Schmutz und anderen Unannehmlichkeiten war eine große Herausforderung. Aber das alles meisterte Karina ohne zu klagen. Und im Familienbetrieb stand auch köstliche Verpflegung auf dem Tisch, natürlich fast alles aus eigenem Anbau und eigener Herstellung.

Für uns war es sehr aufwändig, jede Woche zweimal die Strecke nach T. zu fahren. Obwohl es für einen Beruf in der Landwirtschaft oder bei der Pflege von Tieren völlig unüblich ist, hatte Karina an den Wochenenden frei. Also holten wir sie freitags mit einem Sack voller dreckiger duftender Wäsche aus T. nach Hause und am

Sonntagabend ging dann alles in sauberem Zustand wieder zurück.

Und dann passierte es! Unsere Familie erlebte diesen wunderbaren Tag mit einer positiv folgenschweren Fahrt nach T., den wohl niemand von uns jemals vergessen wird. Im Autoradio lief eine Sendung über Norwegen, die Familie lauschte gespannt. Einmal nach Norwegen reisen, eine Zeit in diesem wunderbaren Land verbringen, das wäre ein Traum. Berge, Seen, Fjorde, Gletscher erleben. In diesem Land, in dem der Elch zu Hause ist. Hier, wo ganz im Norden die Sonne im Sommer nie untergeht und im Winter für eine lange Zeit gar nicht erscheint. Und wo die Uhren noch ein bisschen langsamer gehen, wo Traditionen und das Moderne nebeneinander gut harmonieren und die Menschen einen guten Draht zur Natur haben. Das ist seit langem unser Traum und nach der Grenzöffnung wird er immer mehr greifbar. Aber doch nicht für uns… !

Wir waren im Zeitalter des Internets angekommen, wo man alle Informationen suchen und finden kann und wo man erfahren kann, dass bei einer Reise nach Norwegen die Ansteckung mit dem Norwegenvirus ganz schnell geht. Man wird diese Sehnsucht nicht mehr los, wenn man die Schönheit des Landes kennengelernt hat.

Wir schrieben das Jahr 2005 und waren im November angekommen. Es war ziemlich trübe, so wie der November in Deutschland nun mal ist. Die Post hatte ein Päckchen für mich. Ich hatte nichts bestellt und konnte mit dem dicken Packen Papier nichts anfangen. „Da haben Sie bestimmt etwas gewonnen, das ist von unserem Heimatsender", sagte die Postbotin.

Und da fiel mir wieder unsere Fahrt nach T. ein, denn wir hatten die Sendung über Südnorwegen nicht nur gehört und genossen. Zum Schluss gab es eine Frage, die jeder beantworten konnte, der die Sendung verfolgt hat. Natürlich hatten wir genau hingehört, Norwegen ist schon immer unser ganz großer Traum, warum sollten wir an so einem Quizz nicht teilnehmen? Wir waren ja nicht bei Günther Jauch und wir mussten nicht vor Millionen von Fernsehzuschauern sitzen – eine Postkarte mit der richtigen Antwort reichte hier völlig. Also hatten wir auf dem nächsten kleinen Parkplatz kurz angehalten, um schnell die Adresse zu notieren und die Karte ging noch am gleichen Abend auf die Reise.

Nun saß ich da und hielt etwa ein Kilo Informationsmaterial in den Händen. Die Tränen kullerten und die schönen Fotos sah ich nur unklar. Wir gehörten nicht zu der Bevölkerungsgruppe, die Wünsche erfüllt bekommt und ausgerechnet uns sollte man einen so großen Wunsch erfüllen? Da versagte meine Vorstellungskraft.

Ich war nicht in der Lage, von unserem großen Glück zu erzählen, ich war viel zu aufgewühlt. Täglich beschäftigte ich mich mit den Broschüren, schon nach kurzer Zeit waren sie total zerlesen und ich war Norwegenkenner. Das passende Haus hatten wir schnell ausgesucht, es waren Tiere in der Nähe, also auf jeden Fall etwas für uns. Auch über den Zeitpunkt brauchten wir nicht lange überlegen – etwa Ende Mai, Anfang Juni ist es überall schön, also auch in Norwegen.

Es war noch ein halbes Jahr bis dahin, noch eine lange Zeit. Ich las und blätterte immer wieder, aber noch ging es nicht um die Reisevorbereitungen, damit brauchten wir uns den Kopf noch nicht heiß machen. Zuerst ging es ums Geld. Die Fahrtkosten sollten wir selbst tragen. Das Fährpaket kostete 162 €. Eigentlich preiswert, um ein Auto und bis zu fünf Personen zweimal übers große Wasser tragen zu lassen. Und das Essen wollten wir natürlich mitnehmen. Jedes Kind weiß, dass Norwegen ein teures Land ist und wir wussten, dass Karina mitfahren würde, also war das eine einfache Rechnung – geboren aus der Erfahrung.

Und dann war es endlich Mai und es wurde ernst. Die Spannung stieg von Tag zu Tag. Wir hatten einen strengen Winter mit sehr viel Schnee erlebt. Ende März gab es Tauwetter und plötzlich stand die Welt unter Wasser. Die rotbraunen Kühe in T. konnten lange nicht auf die Weide. Die Wiesen und Äcker wurden zu kleinen Seen und da der Untergrund noch gefroren war, lief das Wasser nicht ab. Wir machten schöne Fotos von einer Seenlandschaft, aus der ab und zu mal ein Baumwipfel herausschaute. Nach diesem endlos langen Winter wurde plötzlich und sehr heftig Frühling mit eigentlich schon sommerlichen Temperaturen. Dieses große und starke Hochdruckgebiet lag auch über Skandinavien, in Oslo waren schon über zwanzig Grad. Wir hatten Grund zur Hoffnung.

Die allgemeine Meinung über Norwegen ist „Da ist es doch so kalt". Ich habe in den Broschüren gelesen, dass der Süden besonders sonnig ist und viele Menschen erstaunt sind, wie mild die Temperaturen dort sind. Wichtig an Norwegen ist uns die Natur und wir lassen uns lieber den kräftigen Wind bei einem Strandspaziergang um die Nase wehen als uns am heißen Strand die Füße zu verbrennen.

Ein paar Tage vor unserer Abreise verzog sich dann doch die Sonne und auch die milden Temperaturen kühlten ab. Es wurde herbstlich mit Wind und Regen.

Die Familie war reisefertig und es sollte losgehen. Garderobe war nicht so wichtig, ein Abenteuerurlaub war geplant, keine Modenschau. Auf alle Fälle brauchten wir etwas gegen Wind und Regen und gutes Schuhwerk. Den meisten Platz nahmen wirklich die „Güter des täglichen Verzehrs" weg. Drei große Taschen mit Lebensmitteln – sehr wertvoll im teuren Ausland. Auf der Fahrt hatte ich ständig das Gefühl, ich müsste aussteigen und eine Tasche rausschmeißen, es kam mir vor wie Ballast. Aber es würde doch alles nötig sein – so weit weg von der Heimat.

Kurz vor Hamburg hieß es im Radio: Stau im Elbtunnel. Schon bei unseren Reisevorbereitungen dachte ich daran. Ich soll durch einen Tunnel fahren, wo ich doch so schrecklich unter Platzangst leide. Und dann noch die Vorstellung, über mir ist jede Menge Wasser… Und gleich fiel mir ein, dass wir in Norwegen sicherlich auch durch Tunnel fahren müssen und die sind vielleicht noch größer und länger als der Elbtunnel. Jetzt half nur „Augen zu und durch".

Es ging nur noch stockend voran und rechts neben mir drehten sich die ganz dicken LKW-Reifen, natürlich ganz langsam. Im Elbtunnel herrschte sehr zähfließender Verkehr, die zwei Kilometer dauerten ewig und meine Panik stieg. Ich konnte nicht mehr sprechen, das Lachen war mir vergangen, der Kloß in meinem Hals wurde immer größer. Dann kam die letzte Kurve und das Licht der Ausfahrt war zu sehen. Bei mir öffneten sich alle Schleusen, ich hatte es geschafft und das Weinen war sehr befreiend. Ganz langsam bekam ich es hin, meinen Atem zu beruhigen.

Die erste größere Rast machten wir in Schleswig. Wir hatten eine Nacht in der Jugendherberge gebucht und waren froh, dass unser Familienoberhaupt sich als einziger Fahrer von den Strapazen des Freitagsverkehrs ausruhen konnte, bevor die Reise weiterging.

Wir gingen noch mal durch Schleswig, vernaschten etwas von unseren großen Picknicktaschen und spielten draußen Tischtennis. Den Abend ohne Fernseher haben wir sehr genossen. Dann wurde es frisch und wir verzogen uns in unser Zimmer. Michael schlief sofort ein, Karina las noch und ich konnte vor Aufregung sowieso nicht schlafen. Im Flur hörte ich ständig Kinder. Sie rannten hin und her, lachten und schnatterten. Es war schon spät, aber vielleicht konnten sie vor Aufregung auch nicht schlafen.

Am nächsten Morgen machte die Herbergsmutter extra für uns etwas eher Frühstück, weil wir noch eine Fahrt von fast vierhundert Kilometern durch Dänemark vor uns hatten und die Fähre erreichen wollten. Es goss wie aus Kannen und unsere Gedanken gingen wieder nach Norwegen. Hatten wir vielleicht eine Woche Traumurlaub nur mit Regen, Wind und Kälte? Vielleicht hatten wir doch nicht zu viel Glück verdient. In Dänemark wurde es sonnig und das trübe Wetter erreichte uns erst wieder in Norwegen.

Die Fahrt mit der Fähre war wunderbar. Hier erledigten wir auch gleich das Geld tauschen. Als erste Landesteile von Norwegen sichtbar wurden, erwachten die Schmetterlinge im Bauch und drehten ihre Runden. Als erstes sah man die kleinen Felsen im Wasser verstreut, die Schärengärten.

Und dann wurde es richtig aufregend. Als Navigator musste ich mich mit der Wegbeschreibung beschäftigen, weder Deutschland- noch Dänemarkkarten halfen uns hier weiter. Im Logbuch unserer Reise war verzeichnet: 27. Juni 2006 um 15:24 Uhr, der Zeitpunkt, zu dem unsere Füße das erste Mal norwegischen Boden betraten! Ein bewegendes denkwürdiges Ereignis.
Dann kam eine Tankstelle, die mussten wir sofort nutzen, der Tank war von der Fahrt durch Dänemark schon wieder leer. Wir hörten zum ersten Mal eine Unterhaltung in norwegischer Sprache. Es klang sehr seltsam und fremd, aber interessant. Wir waren froh,

dass wir schon norwegisches Geld in der Tasche hatten, denn es wurde gleich auf die Maut aufmerksam gemacht.

Bompenger – Schlagbaumgeld. Zehn Kronen für einen PKW, also etwa 1,20 Euro.

Und wieder fing es an zu regnen. Es war sehr trübe, aber die wilde schöne Natur war zu erahnen und wir fuhren schon jetzt kilometerweit durch Fjorde und herrliche „Tunnelen". Nicht vergleichbar mit dem Elbtunnel, die hier waren die pure Natur, aus dicken Felsen gesprengt. Und sie machten mir überhaupt keine Angst.

Um kurz vor 17:00 Uhr waren wir an unserem Ferienhaus angekommen und der freundliche Herr Belland begrüßte uns und zeigte uns unser tolles Haus. Ich fragte nach der Sonne, „Ja, yesterday" – o. k. gestern hatten wir auch noch Sonne. Das große Wohnzimmer mit angrenzender Küche war mollig warm. Das Haus wurde mit Strom beheizt, also sollte die Sonne doch öfter bei uns vorbeischauen, nicht nur wegen der Stromkosten.

Zuerst setzten wir die Kaffeemaschine in Gang, die Sachen wanderten in den Schrank, die Betten wurden bezogen und trotz des Regens schauten wir uns die nähere Umgebung an. Karina fand an der Straße das erste Souvenier. Es war eine kleine Norwegenfahne, die vom vielen Regen getränkt und schon ein wenig ausgeblichen war, sie fand sofort den Weg in unsere Küche.

Der Sonntag weckte uns mit Sonne, damit waren wir zufrieden und nutzten es sofort aus. Wir zogen los! Der erste Weg sollte direkt an den Strand führen. Wenn wir auf der Straße in gleicher Richtung wie bei der Anreise weitergehen würden, müssten wir am Skagerrak sein. Wir kamen durch einen Ferienpark (Husebyparken), die Baracken erinnerten an ein deutsches Ferienlager, waren aber im typischen Norwegenweinrot gestrichen.
Eigentlich ist es falunrot und Falun liegt in Schweden, aber in ganz Skandinavien sieht

man diese Farbe. Früher soll es wirklich Ochsenblut gewesen sein, womit die Holzhäuser gestrichen wurden.
Hinter dem Ferienpark lag ein kleiner Fußballplatz. Es wurde gerade trainiert und natürlich musste Michael eine Weile zuschauen.

Ich kletterte mit Karina auf einen Hügel an einer Kuhweide und wie vermutet sahen wir dahinter das „große Wasser". Damit konnte der Urlaub losgehen. Strand, Wind, Felsen im Wasser, Fähren im Hintergrund und natürlich Sonne. Wir wanderten lange am Strand entlang und wir wussten, hier werden wir oft sein, wir erklärten diesen Strand sofort zu unserem Lieblingsplatz.

Die Sonne blieb für den ganzen Tag unser Begleiter. Am Nachmittag fuhren wir weiter auf der Halbinsel. Uns beeindruckte ein anderer toller Strand, weiße und bunte Holzhäuser, ein kleiner Hafen wurde erkundet und dann kletterten wir auf den Leuchtturm Lista fyr (das Feuer von Lista). Der Wind war hier oben heftig, er wollte mir die Brille wegnehmen. Im Hintergrund sahen wir die mächtige Gebirgskette, die Sicht war fantastisch.

Wir ließen unseren Augen Zeit, alles aufzunehmen und an die Festplatte weiterzuleiten – alles musste gespeichert werden. Wir hatten das Gefühl, so gut ging es uns noch nie.

Für den nächsten Tag planten wir eine Fahrt nach Flekkefjord, in den Broschüren als Holländerstadt gepriesen, und wir hofften natürlich auch auf gutes Wetter.

Der Montag begann sonnig, das hatten wir uns verdient. Die Fahrt nach Flekkefjord war einfach traumhaft. Wir konnten nicht fassen, dass es solche Landschaften überhaupt gibt. Felsen, kleine Bäche, Tunnel, atemberaubende Aussichten. Unterwegs konnten wir den Tunnelbau beobachten, es waren gigantische Baustellen. Wir fuhren durch ein wunderschönes langes Tal, ringsherum Berge, felsig mit viel Grün. Leider wurde hier schon der Himmel dunkel und es verstärkte sich, je näher wir dem Ziel kamen.

In Flekkefjord wurden wir von strömendem Regen begrüßt. Unsere Welt ist schöner im Sonnenschein, also sahen wir auch nicht sofort, dass Flekkefjord eine hübsche Stadt ist.

Es war das erste Mal, dass wir einen norwegischen Supermarkt betraten und wir waren entsetzt. Die Preise! Da brauchten wir nicht lange umzurechnen, sie waren gigantisch. Zum Glück hatten wir unsere Verpflegung mitgenommen. Gemüse hätten wir gern gekauft, aber das erlaubte unsere Urlaubskasse nicht. Für einen Eisbergsalat müssten wir umgerechnet knapp drei Euro zahlen, ein Blumenkohl kostete vier Euro. Da hatten wir doch gerade gar keinen Appetit auf Gesundes. Wir zogen weiter in die Innenstadt, zum Glück hatten wir die Regenschirme dabei.

Und dann fanden wir einen Souvenierladen. Elche, Kobolde, Fahnen, Gläser, Schlüsselanhänger – alles, was das Herz begehrt. Das gesamte Angebot genau zu betrachten nahm einige Zeit in Anspruch.

Eine Fahne brauchten wir nicht mehr, die zierte bereits unsere Küche. Der Schlüsselanhänger sah genauso aus, wie ich ihn mir schon erträumt hatte. Und bei den Elchen mussten wir auch nicht lange suchen. Mein Ole mit dem roten Pullover, Karinas Björn mit einem blauen Pullover, beide lachten uns sofort an. Michael entschied sich für ein Basecap. Diese Kopfbedeckung trug er übrigens acht Jahre lang. Sie wurde zu seiner zweiten Haut, war schon am Kopf angewachsen. Dann zerfiel sie aber wirklich in die Einzelteile und wurde von uns traurig zu Grabe getragen.

Trotz des Regens sahen wir uns die Stadt an, gingen eine Anhöhe hinauf und landeten mal wieder auf einem Sportplatz. Von hier oben hatten wir einen schönen Blick über die Stadt und im Hintergrund waren herrliche felsige Berge zu sehen. Der Blick wäre bei Sonne noch eindrucksvoller, aber ich muss kein Geheimnis daraus machen, für den Rest des Urlaubes verließ uns die Sonne nicht mehr.

Wir erlebten nur noch strahlend blauen Himmel und herrlichen Sonnenschein.

Für die Rückfahrt zu unserem schmucken Häuschen nahmen wir eine kleine Passstraße. Die Maut wurde gespart und wir durften die pure Wildnis erleben. „Benutzung auf eigene Gefahr", wäre die richtige Bezeichnung für diese Straße. Dafür wurden wir mit Aussichten belohnt, die wir nie vergessen werden. Karina schlief im Auto immer wieder ein. Schade, dass sie die schönsten Landschaften verpasste, ihre Erkältung kam zum ungünstigen Zeitpunkt.

Dieses Land ist so schön, dass es wehtut, das habe ich vorher über Norwegen gelesen. Und das kann ich mit Nachdruck bestätigen. Die Augen werden groß und das Herz wird weit, hier kann man jeden Kummer für eine gewisse Zeit vergessen.

Am nächsten Tag schaute schon früh am Morgen die Sonne vorbei und begrüßte uns. Und unser Tag begann wieder mit einem Strandspaziergang. Karina hatte ihre

Erkältung an mich weitergegeben, da musste ich am Strand die Kapuze hochziehen. Trotzdem war es wieder herrlich an unserem Lieblingsplatz. Das Meer bietet die beste Entspannung. Wellenrauschen, Möwenschreien und dieser herrliche Geruch. Zwei Stunden Strandspaziergang sind so viel Erholung wie fünf Tage Urlaub.
Nach dem Mittagessen legten wir eine kleine Pause ein und luden den Picknickkorb ins Auto. Wir sparten die Maut und fuhren wieder kleine Schlangenstraßen.

Es wurde Zeit für eine Pause, wir fanden einen schönen Platz am Wasser. Kaffee und Kuchen ließen wir noch im Auto. Nur die Augen waren beschäftigt. Wir mussten auch hier in Ruhe die Aussicht genießen. Es war immer wieder erstaunlich zu sehen, wie die Leute hier leben. War hier überhaupt ein Leben ohne Boot möglich? Die Straße war auf unserer Seite, kleine bunte Holzhäuschen sahen wir am anderen Ufer. Aber da war keine Straße zu sehen, jedenfalls blieb sie unseren Augen verborgen. Vor dem Haus war das Wasser und hinter dem Haus gingen die Felsen steil nach oben.

In Richtung Farsund erschien wieder ein beschaulicher Ort mit kleinem Hafen. Am Ufer fanden wir ein wenig Platz, um das Auto zu parken. Mit dem Picknickkorb setzten wir uns auf den Bootssteg und genossen die Landschaft, die Sonne, die Ruhe. Wir pumpten den ganzen Körper voll mit diesen unvergesslichen Eindrücken.

Auf dem Rückweg kamen wir von der anderen Seite nach Farsund. Rechts lag die Stadt, links das Wasser und dahinter waren die tollen Berge. Wir schauten noch in zwei Kaufhäuser. Kiwi - Mini Preis - von wegen. Dafür erlebten wir von allen Seiten nur Freundlichkeit, die kostenlos, aber unbezahlbar war. Wir nahmen uns aus der Wühlkiste dicke Sweatshirts mit Kapuze für unsere Strandwanderungen mit. Nicht gerade Norwegerpullis, aber super.

Und da es erst ein paar Stunden her war seit dem letzten Strandspaziergang, zogen wir noch einmal los und besuchten wieder den Felsen am Skagerrak. An diesem Abend waren wir nicht allein, Leute mit Hunden waren am Wasser unterwegs und auch ein paar Reiter kamen vorbei.

Am nächsten Tag ließen wir es etwas ruhiger angehen. Meine Erkältung saß im Kopf, im Hals und in den Ohren. Wir wanderten nach Farsund, schauten uns ein wenig um. Irgendwo in der Nähe schien es zu regnen, denn über dem Fjord war ein Regenbogen zu sehen.
Nach dem Mittagessen luden wir wieder den Picknickkorb ins Auto. Unser Weg führte uns zum Strand nach Lomsesanden und dann suchten wir den kleinen Hafen Loshavn.

Es war ein hübscher kleiner Ort, sehr sauber. Um die weißen Holzhäuser waren liebevoll kleine Gärten angelegt. Eine sonnige Bank lud zum Picknick ein, heute schien die Sonne und es war richtig warm. Ich lief mit dem Fotoapparat noch ein ganzes Stück zurück, es gab unterwegs viele idyllische Ausblicke, aber keine Stelle zum Parken.

Und dann kam der 1. Juni, es wurde der schönste Tag unseres Urlaubes. Mir ging es besser und wir hatten den berühmten Leuchtturm "Lindesnes fyr", die Südspitze Norwegens auf dem Plan.

Es waren nur etwa 100 km zu fahren bis zu unserem Tagesziel, aber bei einer Höchstgeschwindigkeit von 80 km/h (meistens weniger) zieht sich jede Fahrt in die Länge. Bei dieser herrlichen Natur, die man bestaunen kann, ist es eher angenehm, aber so eine Fahrt dauert dann schon mal zwei Stunden. Die Sonne begleitete uns die ganze Zeit und blieb auch bis abends um 23.00 Uhr. Schon von weitem sahen wir, dass der Leuchtturm und seine Umgebung eine Reise wert sind. Wir waren stark beeindruckt. Von Anfang an wurde uns klar, dass es ein Verlust gewesen wäre, auf diese Tour wegen einer kleinen Erkältung zu verzichten.

Es wurde viel geboten. Die Besichtigung des Leuchtturms und des Museums sowie ein Kinofilm über die Geschichte der "Leuchtfeuer" in Norwegen waren für fünf Euro zu haben. Wir ließen uns Zeit, alles gründlich zu bestaunen. An so einem touristischen Anziehungspunkt sind die Deutschen stark vertreten und es tat uns gut, die Heimatsprache zu hören. Der Radiosender im Auto war für uns schlecht verständlich, zum Glück konnten die Norweger wenigstens ein wenig englisch verstehen.

Auch dieser Leuchtturm wurde zu Kriegszeiten als Standpunkt und Ausguck genutzt, Karina verschwand in den unterirdischen Bunkern. Sie waren nur teilweise beleuchtet, aber eine Taschenlampe hatten wir nicht im Rucksack. Das Meer war ruhig und die Sonne glitzerte auf jeder kleinen Welle. Kaum vorstellbar, dass bei stürmischer See die Wellen bis hier oben schlagen. Jeder Blick von oben übers Land war faszinierend. Unser Picknick nahmen wir auf dem Parkplatz ein, viele Bänke luden zum Verweilen ein. Leider war der kleine Laden für Souveniers in der Vorsaison nur am Wochenende geöffnet. Immer wieder schauten wir zurück zum Leuchtturm, zu den Felsen, zum Meer. Wir konnten uns nur sehr schwer trennen und blieben noch eine Weile in Gedanken versunken stehen. Es war so verdammt schön hier und wir hatten schon ein wenig das Ende unseres Urlaubes im Kopf.

Unser vorletzter Tag im schönen Norwegen begann etwas trübe. Es regnete nicht, aber der schöne Sonnenschein wollte sich auch nicht zeigen. Wir verstanden das sehr gut, es war leichte Abschiedsstimmung, uns ging es genauso. Ein bisschen waren wir schon beim Packen, aber wir gingen noch einmal los. Wir hatten auch ganz in der Nähe einen Supermarkt "Rema 1000". Bisher hatten wir ihn nur von außen gesehen, weil wir zum Glück nichts brauchten. Aber von dem leckeren Brot, das in allen Märkten nur umgerechnet fünfzig Cent kostete, wollten wir noch eines holen, denn etwas Proviant für die Rückreise wollten wir im Reisegepäck haben.

Nach dem Mittagessen wurde es wieder heller und wir fuhren noch einmal los, der Picknickkorb war wieder dabei. Wir streiften in Ruhe durch Vanse und fuhren dann noch einmal in den Hafen von Farsund. Michael war immer noch auf der Suche nach Stocknägeln, aber die schien man hier nicht zu kennen.

Abends führte uns unser Weg wieder durch den Husebyparken ans große Wasser. Der Abschied von unserem Strand am Skagerrak fiel uns allen unheimlich schwer.

Mein Herz hatte schwer zu kämpfen und der Kloß in meinem Hals wurde immer dicker. Noch einmal dieses wunderschöne Land besuchen, das war unser großer Wunsch. Vorläufig würden unsere Finanzen nicht reichen, aber irgendwann einmal… Wir möchten dieses herrliche Stückchen Erde wiedersehen.

Jetzt war es an der Zeit, in unserem Häuschen die Endreinigung vorzunehmen. Die Familie schaute in der Zeit das Eröffnungsspiel der Fußballweltmeisterschaft. Unsere Taschen waren gepackt, der Wecker würde morgen schon sehr früh klingeln. Um halb sieben sollte unser Auto starten, damit wir die Fähre nicht verpassen. Der letzte Tag begann mit traurigen Gefühlen. Unser Traumurlaub war vorbei. Unbestritten war es die schönste Woche unseres Lebens. Unvergessene Eindrücke, nette Menschen, tolle Erlebnisse. Das Wetter meinte es gut mit uns und es war ein tolles Gefühl, einfach "dazu zu gehören".

Wir haben einen kleinen Eindruck von der wilden rauen Schönheit der norwegischen Natur erhalten und wir hätten Lust auf mehr. Weiter in den Westen und Norden, wo die Felsen noch höher und die Fjorde noch tiefer, aber die Menschen genauso freundlich sind wie im sonnigen Süden.

Gern hätten wir den "König der Wälder" gesehen. Bei jedem Schild "Vorsicht Elch" hielt ich den geladenen Fotoapparat auf dem Schoß, aber diese Begegnung blieb für uns ein Wunsch - und das ist auch das einzige, was uns in diesem Urlaub verwehrt blieb.

Nein, da fehlte noch etwas. Ich hatte keine Gelegenheit, die herrlichen Eingänge zu den "Tunnelen" im Foto festzuhalten. In diesem Bereich wurde viel gebaut, meist war Ampelbetrieb oder Sprengung, so dass man nicht einfach anhalten oder aussteigen konnte. Die Straßen in Norwegen waren unheimlich interessant und für unsere Vorstellungen teilweise schon sehr gefährlich, aber unser Auto bekam für diese Reise einen Durchhalteorden. Und natürlich bekam auch unser Fahrer von der Familie ein dickes Lob.

Die Rückfahrt war von schönstem Sonnenschein begleitet. Auf der Fähre suchte ich sofort nach Verlassen des Autos das Deck auf. Dort standen die Leute schon Schlange, um die letzten Fotos bei der Ausfahrt aus dem Hafen Kristiansand zu schießen. Die See war nicht ganz ruhig und wir kamen mit etwas Verspätung in Dänemark an. An der Grenze zu Deutschland bestand kein Zweifel mehr, der Urlaub war endgültig vorbei. Zuerst kam der Regen und dann Raser und Drängler, die weder in Dänemark noch in Norwegen unterwegs waren.

Wir übernachteten nicht mehr, alle wollten nach Hause, wir genehmigten uns aber noch ein paar Pausen und schlossen um 21.30 Uhr unsere Wohnungstür auf. Unsere Taschen waren wesentlich leichter als auf der Hinfahrt - die "Güter des täglichen Verzehrs" fehlten. Dafür waren unsere Köpfe und Herzen viel schwerer. Randvoll mit tollen Erlebnissen, von denen wir noch lange erzählen werden. Für immer haben wir diese Erinnerungen in uns gespeichert. Und wir wissen, wir werden wiederkommen.

Zu Hause ging schnell das normale Leben weiter. Die Familie erhitzte sich an der Fußball-Weltmeisterschaft, ich beschäftigte mich lieber mit den Fotos von Norwegen und der Reisebeschreibung. So war ich mit vielen Gedanken und Gefühlen immer noch im Norden unterwegs.

Ein Jahr vergeht wie im Fluge und auch das freiwillige Jahr für Karina ging schnell seinem Ende zu. Die Suche nach einem Ausbildungsplatz ging in die zweite Runde, leider ohne großen Erfolg. Die Wende kam kurz vor Toresschluss, Karina bekam eine Lehrstelle in W. Sie sollte in einem kleinen Blumenladen die Ausbildung zur Floristin beginnen. Täglich mit dem Bus zu fahren würde mit ihrer Arbeitszeit nicht harmonieren und so mussten wir uns nach einer kleinen geeigneten Wohnung umschauen. Die haben wir zum Glück ziemlich schnell gefunden und für uns sogar sehr günstig, da sie bereits möbliert war. Von dort hatte sie bei gutem Wetter den Blick zum Brocken. Sie fuhr mit dem Fahrrad zur Arbeit und hatte morgens bergab die Möglichkeit, in rasantem Tempo die Müdigkeit abzuschütteln und wach zu werden.

Es ist ein sehr beruhigendes Gefühl, wenn man weiß, dass die Jugend eine Zukunft vor sich hat. Natürlich ist der Stellenwert beim eigenen Kind besonders hoch. Wir waren sehr froh über Karinas Ausbildungsplatz. Eigentlich war es nicht das, was sie sich vorgestellt hatte, aber Floristin ist ein sehr kreativer Beruf und sie nahm mit Freude an und entwickelte sich gut. Für drei Jahre war sie also abgesichert und dann würde sie mit einem Berufsabschluss ins Leben starten können.

Inzwischen hatte Michael auch Arbeit in W. gefunden und man sollte darüber eigentlich froh sein. Meine Gedanken gingen wieder ganz andere Wege, die nicht für jeden Menschen verständlich waren. Wenn zwei von drei Menschen Arbeit haben, sollte man eigentlich fast zufrieden sein. Wenn ich dabei aber diejenige bin, die übrig bleibt und ohne sinnvolle Beschäftigung die Tage verbringt, dann kann ich damit nicht zufrieden sein und ich war es auch nicht.

In dieser Zeit meldeten sich bei mir immer wieder sehr depressive Phasen. Die Tränen kullerten ständig, ohne dass ich dafür einen konkreten Grund erkennen konnte. Das passte nicht zu meinem lebensfrohen Wesen. Aber um lebensfroh zu sein, muss man eben am Leben teilnehmen und das tat ich nicht.

Mein Tag ging so dahin, ohne dass es für irgendjemanden eine Bedeutung gehabt hätte. Karina war in der Woche in W. bei ihrer Ausbildung. Michael arbeitete jetzt auch in W. und hatte dabei die meiste Zeit Spätschicht. Vom Mittag an verbrachte ich die Zeit bis abends um 23:00 Uhr allein. Es fehlten Freunde oder Bekannte, im Haushalt gab es nicht so viel zu tun, als dass man sich daran viele Stunden festbeißen müsste. Ich kam mir so sinnlos vor, es gab keine Erlebnisse in meinem Leben.

Seit einiger Zeit wurde ganz in der Nähe eine Schnellstraße gebaut. Sie war zwar schon fertig, aber noch nicht für den Verkehr frei gegeben. Wenn Michael mittags mit dem Auto losfuhr, fuhr ich mit dem Fahrrad an die Baustelle, hob das Rad über die Absperrung und fuhr stundenlang auf der schönen neuen Bahn hin und her. Ich wollte einfach nicht nach Hause in die leere Wohnung.

Wenn ich morgens beim Aufwachen daran dachte, dass es für mich nicht viel zu tun gab und ich allein war, hing mir mein Leben zum Halse raus. Ob ich auf der Welt war oder nicht, es würde niemandem auffallen. Eigentlich bekamen wir alle unser Leben geschenkt, um ihm jeden Tag einen Sinn zu geben und es mit Freude zu erfüllen. Ich hatte nur immer den Gedanken, dass sich meine Eltern die Mühe hätten sparen können, so ein Mädchen auf die Welt zu bringen.

Ich verfüge über Intelligenz, ich besitze Kreativität, aber niemand brauchte mich, so sehr ich mich auch bemühte. Ich kann gar nicht mehr nachvollziehen, wie viel ich in dieser Zeit geweint habe und ich konnte nicht mal sagen, warum.

Ich hatte dann das Glück, einen so genannten Ein-Euro-Job zu bekommen. Wer noch nie in meiner Situation war, kann sich meine Freude darüber nicht vorstellen. Die Meinung hierzu heißt ja eigentlich „wer geht schon für einen Euro arbeiten?"
Dieser eine Euro ist zusätzlich und das wichtigste an dieser Geschichte ist das Gefühl, etwas Sinnvolles zu tun, gebraucht zu werden und mit anderen Menschen gemeinsam an Lösungen zu arbeiten. Für mich war das sehr wichtig. Und ich lernte auch Menschen kennen, mit denen der Gedankenaustausch über das dienstliche

hinausging, man konnte private Erlebnisse austauschen.

Zu dieser Zeit lief mir Holger zum ersten Mal über den Weg. Er wirkte in der Anfangszeit unsicher und verschlossen. Ich hatte bei ihm immer das Gefühl, dass er viele Gedanken loswerden wollte und auch viel zu sagen hatte. Er wollte reden und da war er bei mir genau richtig, das wollte ich auch. Was er über sein bisheriges Leben zu erzählen hatte, war für mich eine absolut neue Gedankenwelt. Ich hatte mit den Folgen von Alkohol noch nie in meinem Leben zu tun gehabt und ich stellte bei Vergleichen immer wieder fest, dass ich keinen Grund hatte, mich über mein Leben zu beklagen.

Ich konnte mich an eine fantastische und harmonische Kindheit erinnern, ich hatte den Mann an meiner Seite, den ich immer wollte und ich hatte ein gesundes glückliches Kind. Meine Eltern lebten noch und waren geistig und körperlich fit. Dass in meiner Jugend nichts, aber auch gar nichts so lief, wie es sich ein junges Mädchen wünscht, hatte gesundheitliche Ursachen und niemanden trifft hierfür die Schuld. Aber durch die vielen und langen Gespräche, die ich mit Holger führte, ordneten sich meine Gedanken so, dass ich meinem Leben viele positive Seiten abgewinnen konnte. Es ging mir gut, es fehlte nur eine interessante sinnvolle Tätigkeit, die mich forderte und mir Erfolgserlebnisse brachte. Und mir fehlten vor allem menschliche Kontakte, ich wollte meine Gedankenwelt mit anderen Menschen austauschen.

2011 – und da war sie schon wieder, die Lust auf Urlaub? Geht gar nicht. Schon wieder Norwegen? Das Land der Fjorde und der Mitternachtssonne und eventuell sogar die Möglichkeit, einen Elch zu sehen? Nein, uns stand der Sinn nach Skandinavien und unsere Entscheidung fiel auf Dänemark. Wir brauchten keine Fähre und wir fuhren viel weniger Kilometer, also auch keine Übernachtung in Schleswig. Auf jeden Fall hatten wir immer noch Kurs Nord im Kopf und unsere Reise sollte Richtung Norden gehen.

Wir kannten von Dänemark bisher nur die Autobahnen, haben dieses Land nur zweimal durchquert. Bei der Fahrt von Süden nach Norden hatten wir es eilig, an die Fähre zu kommen und auf der Rückfahrt von Norden nach Süden wollten wir nach Hause. Eine große Vorfreude erfüllte uns, wenn wir an diesen Urlaub dachten. Aber wir wussten auch, was uns in dieser Woche fehlen würde. Wir sind nun mal absolute Norwegenfans und die herrlichen Buckelfelsen sind in Dänemark nicht zu bestaunen. Hier ist flaches Land, die höchste Erhebung im Süden ist sechzig Meter hoch. Aber wir waren uns sicher, es würde trotzdem schön werden.

Internet ist herrlich, wenn man sich Fotos ansehen kann und sich dahin träumt, wo es schön ist. Und wenn man ständig die Werbung bekommt: Haben Sie schon für dieses Jahr Ihr Ferienhaus gebucht? Das wurde von uns immer wieder ignoriert, aber irgendwann wurden wir doch schwach. Und es war beschlossen: Hej, wir fahren nach Dänemark!

Als der Mietvertrag für das Häuschen bei uns eintraf, ging ein Schmunzeln durch unsere Gesichter und wir dachten: typisch Skandinavien. „Der Platz für den Schlüssel: Rechts der Terrassentür auf einem Nagel unter dem Holzbild". Sollte irgendjemand auf die Idee kommen, einzubrechen? Wozu? Der Schlüssel liegt für alle bereit. Also, unser Ziel stand fest: am 18. Juni sollte das große Abenteuer beginnen.

Wir hatten viel Zeit, aber wir fuhren bereits am Vormittag los. Und ich hatte bis jetzt noch nicht darauf hingewiesen: wir waren zu zweit unterwegs. Natürlich wäre Karina mitgekommen – keine Frage. Nein, die Frage hätte sich wirklich nicht gestellt. Aber mit neuer Arbeit würde sie nicht gleich Urlaub bekommen. Schade, aber es hatte auch zwei gute Seiten. Karina sollte ihren Urlaub mit jungen Leuten verbringen, wie sich das gehört und ihre Eltern kriegen auch eine Woche zu zweit allein ganz gut hin.

Beim Auto packen fiel sofort auf, dass nur zwei Leute mitfahren. Natürlich nahmen wir wieder das Essen mit. Im Internet stand als Information, dass sich Dänemark zum teuersten Land in Europa entwickelt hat. So etwas braucht die Welt natürlich nicht, wenn man noch Platz für zwei Taschen im Auto hat. Und bei der Garderobe hatte sich unsere Meinung auch nicht geändert: Abenteuerurlaub und keine Modenschau! Als wir gerade zehn Minuten von unserer Wohnung entfernt waren, gingen meine Gedanken noch einmal durch die Checkliste und mir fiel auf, dass in unserem Gepäck der Kaffee fehlte. Also freute sich der Supermarkt über etwas Umsatz – ohne Kaffee geht es nicht.

Und wie war diese Geschichte mit dem Wetter? Wir wurden schon gewarnt, in Skandinavien wird ab sofort für mehrere Tage ein großes Regengebiet aktiv sein. Ach was, wenn Engel reisen, lacht der Himmel (Tränen). Schon in Richtung Brocken, wir hatten noch nicht mal Sachsen-Anhalt verlassen, ging es los. Dicke schwarze Wolken und jede Menge Regen, von der Umgebung war nicht viel zu sehen.

Die erste große Pause legten wir in Großburgwedel ein. Muss man das kennen? Nicht unbedingt, wir kennen es nur vom Verkehrsfunk. Um 11.00 Uhr waren wir auf der A7 in Richtung Hamburg und der Regen blieb an unseren Fersen. Uns begleitete gute Musik im Radio, zum Glück gibt es außer mir auch noch angenehme Unterhaltung auf so einer Fahrt. Meine Gedanken zogen nach Norwegen, es wäre schon der gleiche Weg, aber aus Geldmangel werden wir ziemlich früh rechts abbiegen. Wie durch Gedankenübertragung sauste ein norwegisches Auto wie der Blitz an uns vorbei – in Deutschland darf man das, zu Hause würde diese Geschwindigkeit richtig teuer.

Und dann strahlte doch die Sonne, aber ich hatte schon wieder nur den Elbtunnel im

Kopf. Keine Ahnung, warum der mir so unheimlich ist. Bis jetzt ist doch jeder heil durchgekommen. Und wenn täglich mehrere tausend Autos durch diesen Tunnel fahren, muss nicht gerade etwas passieren, wenn wir unsere Deutschlandflucht antreten. Gehen wir einfach mal davon aus…

Kurz vorm Tunnel rief ich bei Karina an. Sie hatte Spätschicht und ich konnte es mir nicht verkneifen, noch ein wenig Neid in ihre Gedankengänge zu pflanzen. Böse Mutter!

Um 15.00 Uhr waren wir in unserem geliebten Schleswig angekommen. Eine Übernachtung hatten wir nicht geplant, aber der Tank musste noch günstig gefüllt werden und noch vor der Grenze führten wir Telefonate in die Heimat. Mit den Spritkosten hatten wir wieder großes Glück und das Auto wurde vollgetankt. Die Begrüßung im Norden „Moin, Moin, wo kommt Ihr denn her?" gilt auch noch am Nachmittag.

Nach der Grenze dauerte es auch gar nicht mehr lange, bis wir unseren Ferienort Aabenraa erreicht hatten. Wir kannten uns natürlich nicht aus und mussten längere Zeit suchen, leider ohne Erfolg. Aber wir fragten in einem Ferienpark nach und da kannte man natürlich auch die Anlage, in der wir in nächster Zeit unser Haupt und andere Körperteile betten würden. Wir waren begeistert von den Dänen, die hier so nah an der Grenze gut deutsch sprachen. Die sind aber auch ganz clever und setzen hier im Tourismus, ob Information oder Hotels und Pensionen, deutsche Arbeitskräfte ein. Schleswig, Flensburg, Husum – das liegt alles im so genannten Tagespendelbereich. Und wir hatten auch die Wahl, ob wir in Euro oder in dänischen Kronen bezahlen möchten. Unsere Urlaubskasse hatten wir aber noch nicht eröffnet. Nach der netten Erläuterung fanden wir sehr schnell unseren Ferienpark und unser Häuschen, das uns sofort gefiel und sehr groß aussah.

Ich durfte die Tür aufschließen und ich war vom ersten Eindruck begeistert. Dann wurde ausgepackt, Kaffee gekocht und alles gründlich inspiziert. Wir fanden in dem tollen Häuschen zwei Schlafzimmer, aber wir entschieden uns für das mit den grünen Betten. In beiden Zimmern waren die Betten sehr klein. Dafür war die Terrasse riesengroß. Draußen schlafen wäre da so eine Idee, muss aber bei dem Wetter nicht sein. Auch die Kaffeetassen waren winzig, da müsste man oft Kaffee nachgießen. Wir nahmen dann unsere aus dem Picknickkorb. Einen Toaster konnten wir leider gar nicht finden. Schade, aber das war nicht zu ändern.

Das Wetter zeigte sich schon wieder von der schlechten Seite. Trotzdem gingen wir erst einmal an den Strand. Von der Terrasse aus konnten wir die Ostsee sehen, aber wir wollten sie riechen, hören, anfassen. Also los! Der erste Strandspaziergang dauerte bis 20.00 Uhr, auch wenn es die ganze Zeit regnete. Trotzdem schauten wir uns noch den ganzen Ferienpark an. Leider war es nicht möglich, von hier aus zu Fuß in die Stadt zu gehen, es waren über zehn Kilometer bis Aabenraa.

Zum Abendbrot hatten wir großen Hunger und wollten etwas Warmes essen. Das wurde etwas schwierig, weil es eine Weile dauerte, bis der Herd mit mir sprach. Ich hatte noch nie so etwas Gutes wie Cerankochfeld. Aber wir gewöhnten uns dann ziemlich schnell aneinander. Ich tat ihm ja nichts und wir mussten irgendwie eine Woche miteinander klarkommen. Dafür hatten wir aber das Glück, dass wir im Radio den norddeutschen Sender empfangen konnten. Wir waren über Neuigkeiten unterrichtet und auch der Wetterbericht passte hier. Und dann erwarteten wir von diesem Tag nichts mehr, es sollte ja morgen weitergehen.

Es war nicht gerade die Sonne, die uns aus den Betten trieb. Eher die Neugierde auf ein Land, das uns noch vollkommen unbekannt war. Es sah ziemlich trübe am Himmel aus und die Kaffeetassen zum Frühstück waren auch noch nicht größer geworden. Man könnte meinen, Schneewittchen hätte hier mit den sieben Zwergen ihren Urlaub verbracht. Dann würden auch die kleinen Betten passen. Trotzdem haben wir gut geschlafen und vielleicht würde ich mich in der einen Woche auch daran gewöhnen, jedes Mal beim Umdrehen Michaels Faust im Bauch zu fühlen.

Der Toaster fehlte wirklich. Toastbrot ungetoastet ist nicht unsere Welt, aber im Urlaub sind andere Dinge wichtig. Das Wetter besserte sich etwas und wir wollten uns den Hafen und die Innenstadt von Aabenraa ansehen. Eigentlich war eine Strandwanderung geplant, aber wir hatten noch eine ganze Woche vor uns und es würde hoffentlich nicht ständig nur regnen.

In dem kleinen Yachthafen standen viele Boote, Segelschiffe und eine Entenfamilie fühlte sich auch sehr wohl. Es war Ostseewasser, was hier plätscherte, aber nicht die offene See; Aabenraa liegt an einer Bucht, die zur Ostsee führt. Wir haben die Angewohnheit, die Autokennzeichen zu erforschen und wir stellten fest, dass auch viele Deutsche hier Boote besitzen. Ja, welch ein Wunder, Deutschland ist nur einen Steinwurf entfernt. Zum Mittag brutzelten wir uns Würstchen in der Pfanne, natürlich aus deutschen Landen. Der Kühlschrank war voll und wir wollten hier nicht unbedingt einkaufen gehen. Aber Preiskontrolle hatten wir trotzdem noch auf unserem Plan. Michael brauchte dann erst einmal eine Pause im Bett und ich hatte jetzt doch Lust auf Strand. Im Ferienpark war es angenehm, aber unten am Wasser pfiff ein kräftiger Wind. Meine Neugier wollte mit mir wieder Wege gehen, die nicht begehbar sind und so wurde ich bei all meinen Versuchen gestoppt. Egal, es war inzwischen Kaffeezeit und ich ging zurück zu unserem tollen Haus.

Beim Kaffeetrinken schmiedeten wir Pläne für den nächsten Tag. Unser Häuschen stand an der Ostseite von Dänemark, es war also kein großes Geheimnis, dass wir hier die Ostsee plätschern hörten. Dieses Land ist aber so schmal, dass die Fahrt zur Nordsee auf der anderen Seite nur ein kleiner Tagesausflug ist. Wir hatten vor, den schönen kleinen Ort Ribe zu besuchen und von dort weiter nach Esbjerg zu fahren. Hier sind die vier großen Männer beheimatet, die ich bis jetzt nur aus dem Internet kannte. Die Statuen sind neun Meter hoch und blicken

Tag und Nacht auf die Nordsee. Zum Kuscheln sind sie viel zu groß, aber ich möchte sie wenigstens sehen. Die geben doch bestimmt das Gefühl von Sicherheit und Geborgenheit.

Wir gingen noch einmal gemeinsam zum Strand und Michael wurde vom Muschelfieber gepackt. Was man hier so alles sammeln konnte, Männer sind ja Jäger und Sammler. Wir hatten wieder einen sehr schönen Tag erlebt und freuten uns auf den nächsten.

Am nächsten Tag wurden wir von der Sonne geweckt, das war doch mal ein tolles Gefühl. Da war es auch eine Freude, von der Terrasse aus erst einmal das Treiben auf der Ostsee zu beobachten. Und nach dem Frühstück konnten wir gleich weitermachen und die frechen Spatzen auf dem Terrassengeländer beobachten. Das wurde noch interessanter, als wir Brotstückchen verteilten. Die Piepser stritten sich doch wirklich lautstark um jeden kleinen Happen. Um 11.00 Uhr waren wir endlich reisefertig, wir hatten ja noch etwas anderes vor als Piepmätze zu beobachten.

Die Fahrt nach Ribe verlief ziemlich ruhig. Dänemark ist sehr dünn besiedelt. Nur äußerst selten erschien rechts oder links der Straße ein Gehöft, meistens mit Pferden, Schafen und viel Landwirtschaft. Diese Gehöfte und auch die kleinen Ortschaften machten einen sehr sauberen Eindruck. Die Gebäude waren mit viel Liebe gestaltet und wurden gut gepflegt. Wie in Norddeutschland sahen wir viel Fachwerk und schilfgedeckte Häuser. Und es machte hier auch keine Probleme, einfach mal am Straßenrand anzuhalten, um Fotos zu schießen. Wir hatten ja heute sogar die Sonne mitgebracht und da sieht jedes Foto besser aus.

Dann waren wir in Ribe angekommen und haben uns sofort in diese kleine, niedliche

Stadt verliebt. Im Stadtkern fanden wir ein hübsches Häuschen neben dem anderen, ein Geschäft folgte dem anderen und viele Leute saßen in Straßencafes oder bummelten durch die Läden. Jetzt begann unsere Preiskontrolle. Das machte uns großen Spaß, weil wir nichts kaufen wollten oder mussten. Der Sommerschlussverkauf war bereits in vollem Gange, obwohl der Juni noch gar nicht vorbei war. Sogar für einen Schlussverkauf fanden wir die Preise gigantisch. Wir hatten ja so einen Traum im Kopf: In Dänemark kaufen wir uns ein Segelschiff als Dekoration. Da würde wohl unsere Urlaubskasse nicht reichen, aber träumen ist immer erlaubt. Und wo wir gerade von der Urlaubskasse reden, die haben wir ja auch erst hier in Ribe eröffnet. In einer kleinen Seitenstraße fanden wir eine kleine Bank, in der wir uns sparsam für die ganze Woche versorgten.

Nachdem wir unseren Picknickkorb etwas erleichtert hatten – um 15.00 Uhr ist dann wohl doch die Zeit für ein Mittagsmahl gekommen – fuhren wir weiter nach Esbjerg. Wir hatten keine Ahnung, wo wir die vier Männer finden würden. Auf jeden Fall am Wasser, also links des Weges. Esbjerg erschien uns ziemlich groß und auf der linken Seite gab es nur den Hafen. Wir wussten es nicht besser und fuhren erst einmal diesen Weg weiter. Es wurde aber ganz schnell offensichtlich, dass wir uns mitten im Industriehafen befanden, also bestimmt nicht in der Nähe unseres Zieles.

Also nahmen wir zunächst den Weg zurück ins Zentrum und dort fanden wir einen Supermarkt. Man könnte ja dort mal nach dem Weg fragen. Erst wurden Eier und Senf gekauft und dann: The four big men? Die Erklärung gab es mit Händen und Füßen und erst beim Weiterfahren dachte ich daran: mit unserer Muttersprache hätten wir das Ziel vielleicht schneller erreicht. Man spricht doch hier so gut Deutsch und diese Sprache kennen wir von Kindesbeinen an bestens.

Dann fuhren wir laut Anweisung, zunächst durchs Zentrum, von da Richtung Wasser und schon hatten wir sie im Blick, die schneeweißen riesengroßen Kumpel, die ihre Augen nicht vom Wasser wegbewegen. Und wir waren wieder sehr verwundert: Parkplatz, Toilette, Eintritt? Hier gab es alles, ohne die Geldbörse zu öffnen. Hier ist es sogar finanzierbar, die Radwege außerhalb der Ortschaften regelmäßig zu säubern. Was machen wir in Deutschland falsch?

Wir hatten wirklich einen schönen sonnigen Tag und so gab es auch schöne Fotos. Winzig ist der Mensch, wenn er neben diesen Riesen steht und der blaue Himmel ist ein herrlicher Anblick über den weißen Figuren. Wir hielten uns sehr lange am Nordseestrand auf,

Michael beschäftigte sich mit dem Muschelsammeln und stellte Unterschiede zwischen den Muscheln von Nord- und Ostsee fest.

Inzwischen war es ziemlich spät geworden und wir wollten nicht unbedingt noch durchs Zentrum von Esbjerg laufen. Es war ein sehr schöner Tag und es war auch bis zu unserem Häuschen noch ein weiter Weg. Wir brauchten auch nicht mehr an den Strand, am Wasser waren wir heute schon sehr lange. Also beschäftigten wir uns schon mit den Plänen für den nächsten Tag. Wir hatten von einem kleinen Schloss in Aabenraa gelesen, das wir natürlich auch sehen wollten und nicht weit davon entfernt war auf der Karte das Sportstadion eingezeichnet. Gibt es in irgendeinem Ort ein Stadion oder einen Fußballplatz, den sich Michael nicht genauer ansieht? Und so werden wir uns morgen auch die Sportstätten von Aabenraa näher betrachten.

Es war wieder ein Morgen, der uns die Sonne als Wecker sandte. Nicht übertreiben, es soll uns ja nicht zu gut gehen. Heute hatten wir also Aabenraa auf dem Plan. Mit dem Auto fuhren wir los, wir parkten im Zentrum und nahmen die Sonne an unsere Seite. Erst schauten wir durch die Innenstadt, hier gab es viele Geschäfte. Es gab ein großes Angebot, viel zu kaufen für viel Geld. Das hatten wir nicht vor, wir wollten nur schauen und so tun als ob. Also eigentlich wie immer. Der Weg zum Schloss war ausgeschildert. Unterwegs fanden wir   einen Lebensmittelladen. Wir hatten Appetit auf ein paar Kekse. Der mitgebrachte Kuchen schmeckte mir nicht und zum Backen hatte ich vor unserem Urlaub nicht mehr die Zeit. Eine große Tüte Schweineohren zum günstigen Urlauberpreis lag für uns bereit. Das war vertretbar.

Wir kamen an einem kleinen Bach vorbei. Ein kleines Wasserrad diente sicherlich nur noch zur Dekoration. Nicht unbedingt geeignet, um Strom zu erzeugen. Für ein Foto machte sich so etwas gut. Dann führte eine Baumallee zum Schloss Brundlund. Es war ein kleines Schloss in einer gepflegten Parkanlage. Eine Schulklasse belagerte den Rasen mit Jacken und Rucksäcken und tobte ausgelassen im Park. Die Anlage, auch wenn sie noch so gepflegt war, diente der aktiven Erholung und nicht nur zum Anschauen.

Wir wanderten durch die Parkanlage und genossen die Ruhe, danach ging es weiter zum Sportplatz. Aabenraa Stadion stand im Stadtplan, wir durften also eine größere Anlage erwarten. Inzwischen strahlte die Sonne kräftig, es wurde warm und wir konnten sogar auf die Jacken verzichten.

Schon von weitem hörten wir bekannte Geräusche, so wie man sie von Sportplätzen kennt. Und schon flog uns ein Ball um die Ohren und landete auf der anderen Straßenseite im Gebüsch. Gemeinsam gingen wir auf die Suche, wie in alten Zeiten und wirr ernteten von den Kindern ein fröhliches Takk – Danke!

Die Sportanlage verfügte wirklich über mehrere Plätze und es war auf jedem etwas los. Sicherlich waren hier Schulklassen unterwegs, denn es war ja erst Mittag. Ein schönes Wohngebiet grenzte an die breite Straße und wir gingen in einem weiten Bogen zurück zum Auto. Zum Mittag gab es Frikassee. Inzwischen war es schon wieder Kaffeezeit und darum gab es den Kaffee gleich dazu. Dann gingen wir noch zwei Stunden an den Strand. Das war entspannend und erholsam, aber trotz Sonne konnten wir alle Hoffnungen aufgeben, in dieser Woche eventuell baden zu können. Viel zu kalt, viel zu windig – kein Mensch will im Urlaub krank werden.

Ein neuer Tag kam mit Sonne, wir hatten es uns verdient. Zum Nachmittag wurde aber wieder Regen angekündigt, also fuhren wir gleich nach dem Frühstück los. Tonder stand heute auf dem Plan. In dem kleinen Ort sollte es eine alte Apotheke geben, die in sechsundvierzig Verkaufsräumen Rock und Stock, Krempel und Dekoration zum Verkauf anbietet. Das klang für uns sehr interessant. Gleich dahinter war der Ort Mogeltonder zu finden, der in den Broschüren ebenfalls angepriesen wurde. Man sollte dieses Dorf nicht verpassen, also wollten wir das auch nicht tun.

Um 9.00 Uhr waren wir schon in Tonder angekommen. Die Stadt gefiel uns sofort. Ein wunderhübscher Ortskern lockte die Gäste an. Sauber und gepflegt, wie wir es bisher überall gesehen hatten. Und auch hier reihte sich Geschäft an Geschäft und es gab viele Straßencafes. Die Menschen ließen es sich gut gehen. Und wie überall liefen die Menschen barfuß. Skandinavier brauchen zwar dicke Jacken, aber an den Füßen scheinen sie niemals zu frieren. Jedenfalls nicht, solange die Sonne scheint. Und die Sonne hatten wir heute auf jeden Fall im Gepäck.

Gleich in der ersten Straße erreichten wir die Gamle Apotheke, die alte Apotheke, die unter anderem auch unser Ziel war und sofort begannen wir mit dem Stöbern. Wer dieses schmale Fachwerkhaus sieht, hält die angekündigten sechsundvierzig Verkaufsräume für eine Lüge oder zumindest für weit übertrieben. Doch im Gebäude wurde uns schnell klar, dass diese winzig kleinen Räume – höchstens zwei mal drei Meter – nicht viel Platz brauchen. Jeder

Raum war dekorativ, witzig, geschmackvoll –
hier gab es jede Menge Platz zum Schauen
für lange Zeit. Als erstes betraten wir einen
Raum voller Kerzen und Schiffchen. Hier
fanden wir schon ein ganz tolles Segelboot,
das auch „nur" 478 Euro kostete. Die Preise
waren hier alle in dänischen Kronen und Euro
ausgeschrieben, aber auch ohne die
Euroangabe hätten wir dieses Schiff sofort in
die Zu-teuer-Kategorie eingestuft. Dann kam
ein Raum für die Wikinger. Ich wollte schon
immer ein Geschirrtuch mit Wikingerschiff
haben. Elf Euro für ein Geschirrtuch??? Nein,
danke! Unser Geschirr trocknet auch von
allein. Ich schaute mich nach Michael um und
fand ihn in der Schwangerschafts- und Baby-
Abteilung. Er kuschelte mit dem großen
Klapperstorch. Was sollte mir das jetzt
sagen?

Die untere Etage hatten wir geschafft und wir
folgten der Treppe nach oben. Ein Schrei des

Entzückens, das war mein Imperium – die maritime Abteilung. Hier war ich die Chefin, auch wenn ich lieber Königin von Norwegen wäre. Anker, Leuchttürme, Steuerräder, Segelschiffe, Seesterne … Ich dachte, hier wäre ich für eine Weile gut aufgehoben. Gibt es heute zufällig noch andere Termine? Nein, Ramona war abgetaucht.

Wie nicht anders zu erwarten, hielt ich mich sehr lange hier auf. Hier müssten wir jetzt endlich bei dem Wunsch nach einem Schiff fündig werden. Immer wieder wurde ein Schiff mit dem anderen verglichen und dabei ging es nicht nur um den Preis. Ein Schaukasten mit Seemannsknoten lag auf einem Regal, auch nicht schlecht. Dann suchten wir gemeinsam, Michael gefiel ein Schiff mit vielen Segeln, ich hatte mich in ein anderes verliebt. Knapp achtzehn Euro für so ein Mitbringsel war ein fairer Preis. Und die Wahl fiel dann doch auf meinen Favoriten und Michael würde sich dafür noch einen Stocknagel aussuchen. Gerechte Punkteteilung, oder nicht?

Ganz zum Schluss kam das Wichtigste. Die Weihnachtsausstellung in den Kellerräumen, die hier ganzjährig zu bestaunen ist. Alles, was mich hier interessierte, waren die Elche. Diese Tiere sind sonst eigentlich nur in der Advents- und Weihnachtszeit aktuell. Warum werden sie zu anderen Zeiten total vernachlässigt und totgeschwiegen? In der alten Apotheke in Tonder hatte man ein Einsehen und ließ sie das ganze Jahr leben, so wie es sich gehört.

Jeder Raum in diesem interessanten Haus wurde von mir fotografisch festgehalten. Die mittlere Etage bei den Kerzen, die obere maritime Abteilung und auch das weihnachtliche Kellergeschoss mit den Elchen. An alles Schöne wollten wir auch Erinnerungen haben. Am Ausgang fiel uns dann dieses interessante Schild auf „Fotografieren verboten". Zu spät!!! Und weil das also drinnen nicht erlaubt war, schossen wir natürlich noch vor der Apotheke ein Foto mit uns und dem großen Werbebeutel in der Hand. Das Schiff war wirklich sehr gut verpackt.

Wir schlenderten noch etwa eine Stunde durchs Paradies, ich schaute immer wieder in die Hinterhöfe und kleinen Seitenstraßen, von schönen Fotos kann ich gar nicht genug bekommen. Und auf einem kleinen Flüsschen in einer Seitenstraße fand ich doch tatsächlich das gleiche Schiff, wie wir es jetzt gut verpackt mit in die Heimat nahmen. Natürlich war dieses in der passenden Größe, um auch fahrtüchtig zu sein.

Unser nächster Plan war dieser kleine Ort Mogeltonder, also fuhren wir gleich weiter. Für so ein kleines Dorf gab es einen gigantisch großen Parkplatz und auch hier war alles kostenfrei. In diesem Dorf zeigte sich ein Haus hübscher als das andere. Reetgedeckte kleine Fachwerkhäuser mit vielen Rosen und Stockrosen. Es machte Spaß, hier entlang zu schlendern, auch wenn sich die Häuser alle irgendwie ähnelten. Auf dem Rückweg kamen wir dann am Schloss Schackenborg vorbei, aber leider waren alle Eingänge des Schlosses verschlossen. Ein Schloss, im wahrsten Sinne des Wortes.

Wir lasen dann am Eingang die schriftliche Erläuterung und wir waren darüber informiert, dass Prinz Joachim hier seinen Wohnsitz hat und natürlich nicht ständig gestört werden wollte. Ihre Hoheit geruht zu ruhen. Einmal in der Woche fanden Führungen statt, aber gerade heute nicht. Prinzen sind auch nur Menschen.

Wieder in unserem Häuschen angekommen tranken wir Kaffee, obwohl fast Abendbrotzeit war. Uns trieb ja niemand. Wir hatten Urlaub, wir hatten viel Zeit und wir verbrachten noch zwei Stunden am Strand. Viele Menschen sahen wir hier nicht. Es war noch immer Vorsaison und die meisten Ferienhäuser waren noch unbewohnt. Die Dänen, die hier ihre Wochenendhäuser hatten, gingen jetzt in der Woche wieder ihrer Arbeit nach und kamen erst zurück, wenn wir schon wieder auf dem Weg in Richtung Heimat waren.

Zum Ende des Urlaubes, als das Geld, das Essen und der Sprit langsam aufgebraucht waren, planten wir keine größeren Touren mehr. Es wäre sicherlich auch interessant gewesen, sich Kopenhagen anzusehen und die kleine Meerjungfrau zu besuchen. Kopenhagen liegt aber leider gar nicht zentral und den langen Weg über zwei Inseln wollten wir uns nicht mehr antun.

Die ganze Nacht hatte es geregnet, unsere Terrasse wurde überspült, aber der Abfluss hatte ganze Arbeit geleistet. Jetzt kämpfte sich die Sonne langsam durch und trocknete das Holz. Wir machten uns auf den Weg nach Haderslev. Hier dauerte es eine Weile, bis wir einen Parkplatz fanden. Wir waren bei der Suche schon zweimal an einem kleinen Hafen vorbei gefahren, den wir später besuchen wollten. In einem Geschäft erhielten wir einen Stadtplan und mit dieser Hilfe landeten wir in einem schöneren Stadtteil, es war wohl das Zentrum.

Mir fiel ein Laden auf, der eindeutig mit unseren Second-Hand-Läden vergleichbar war. Die Auslagen sahen interessant aus und wir schauten hinein und stöberten in den großen Räumen. Wir stellten fest, hier könnte man einige Schnäppchen machen. Eine wunderhübsche große Truhe wäre preisgünstig zu haben. Eine Wäschetruhe hätte ich gerne, aber die muss man nicht unbedingt aus Dänemark nach Deutschland transportieren. Dann fiel mir ein gestickter schmaler Wandteppich auf, der mit dem in unserem Ferienhäuschen identisch war. Da er mir schon auf den ersten Blick gefallen hat und hier für nicht mal fünf Euro zu haben war, nahmen wir ihn mit. Eine bessere Erinnerung an einen schönen Urlaub würden wir nirgends finden.

Wir schauten uns weiter die Stadt an und Michael blieb wieder an einem Briefkasten stehen. Die königliche Post hatte es ihm angetan. Schöne rote Briefkästen mit einer großen goldenen Krone drauf – die königlich dänische Post.

Dann machten wir uns auf den Weg zum Hafen. Hier ankerten Schiffe in allen Größen, Farben und in jeder Preiskategorie. Wir befanden uns an einem ganz kleinen Ausläufer der Ostsee, aber das Plätschern der Wellen, der Salzgeruch und die Möwenschreie brachten uns maritimes

Feeling und waren Balsam für unsere Ohren und Nasen. Hier in Haderslev schafften wir es auch endlich, unsere Mitbringsel und Andenken zu vervollständigen.

Auf der Rückfahrt schafften wir es doch tatsächlich, uns zu verfahren. Am Wegesrand nahe dem Wasser tauchte ein kleiner Leuchtturm auf, den wir auf unserer Hinfahrt nicht bemerkt hatten und die ganze Gegend war uns unbekannt. Das konnten wir uns gar nicht erklären. Erst einmal fuhren wir einfach zurück. Es gab nur diese eine Straße und wir fanden unseren Fehler nicht, bis wir wieder in Haderslev ankamen. Wir hatten von hier nicht die richtige Ausfahrt genommen und unternahmen jetzt den zweiten Versuch. Unser Mittagessen nahmen wir wieder viel zu spät ein und wir verbanden es gleich mit einer längeren Kaffeepause. Und dann ab an den Strand! Bis nach 19.00 Uhr hielten wir es am Wasser aus, auch bei starkem Wind und kalten Temperaturen.

Unser Urlaub ging dem Ende zu und wir arbeiteten schon am Abschlussbericht. Wettermäßig war er nicht gerade top, aber der viele Regen kam meistens abends und nachts, also doch wieder günstig. Ansonsten war es sehr schön und wir hatten viel Spaß. Und wie zum Trotz wurden wir am Abend im Fernsehen mit einer Sendung über Norwegen verwöhnt: Hardangervidda, Geirangerfjord, Prekestolen… Ich muss es leider sagen. Es war ein ganz toller Urlaub, aber es war kein Vergleich mit Norwegen. Jeder Däne möge mir verzeihen. Hallo Leute, Ihr seid so lieb, aber mit mehr Geld hätten wir auch weiterhin Euer Land nur kurz von der Autobahn aus gesehen. Norwegen ist ein Traum und wird immer unser großer Traum bleiben.

Wir hatten Glück, der nächste Tag brachte uns Sonne und da wir keine langen Touren mehr vorhatten, saßen wir lange beim Frühstück und beobachteten die Spatzen auf der Terrasse. Heute einfach mal alles ganz in Ruhe? Na klar, es ist Urlaub, Entspannung ist angesagt. Immer noch schien die Sonne und nach dem Mittagessen ging ich auf unsere schöne Terrasse. Michael entschied sich für Mittagsschlaf und ich hatte Lust auf Mutprobe. Ich zog die ganz kurze Hose an, die Michael mir für den Urlaub gekauft hatte, baute mir die Sonnenliege auf und legte mich in die Sonne.

Ich rechnete nicht wirklich damit, braune Beine zu bekommen. Dazu müsste ich wohl bis zu meinem nächsten Geburtstag hier liegen bleiben. Aber mit diesem Vorhaben hatte ich sowieso Pech, denn es dauerte nicht einmal zwanzig Minuten, da war die Sonne schon wieder verschwunden. Es kam ein kalter Wind und es wurde sehr ungemütlich, so dass ich alles wieder einpacken musste.

Und wenn ich mit den Gedanken schon beim einpacken war, mir kam dann plötzlich die ganz eigenartige Idee, dass wir eigentlich heute schon nach Hause fahren könnten.

Michael war noch beim Schönheitsschlaf, machte aber gerade ein wenig die Augen auf, so dass ich ihm von meinem Vorhaben gleich erzählen konnte. Und er war auch damit einverstanden, nach Hause zu fahren. Warum? Unser Geld war alle, unser Kühlschrank war fast leer und unser Tank war auch fast leer. Wir würden also heute noch eine lange Strandwanderung machen und abends fernsehen. Packen wir schnell? OK! Es war inzwischen schon 16:00 Uhr, aber es bestand die Möglichkeit, dass wir noch am späten Abend zu Hause wären. Unsere Tankpause in Schleswig war obligatorisch und wir vertraten uns die Beine, weil wir ja noch ein gutes Stück Fahrt vor uns hatten. Schon um 22:00 Uhr schlossen wir unsere Wohnungstür auf und ein schöner Urlaub war damit vorbei.

Und wieder waren wir beim Sport. Fußball gehörte immer noch zu unserem Leben. Ich hatte damit nichts mehr zu tun, merkte nur die Abwesenheit meines Mannes und die schmutzige Wäsche. Michael spielte nicht mehr selbst, er betätigte sich erfolgreich als Schiedsrichter. In mancher Saison war er jedes Wochenende unterwegs und mit den Jahren meldete sich von Zeit zu Zeit immer häufiger das Sorgenkind Knie. Er musste noch einmal ins Krankenhaus, es wurde einiges aus dem Gelenk entfernt, aber es ließ sich nicht mehr verheimlichen, es fehlte die Schmiere. Es fiel immer häufiger der Begriff „künstliches Kniegelenk", aber bis jetzt noch mit dem Zusatz: aber dafür sind Sie noch zu jung.

Dann kam unser 50. Geburtstag. Alle reden das ganze Jahr davon und ich wäre ehrlich froh, wenn's vorbei wäre. Immer wieder kam dieses unangenehme Gerede. Wir wurden ständig darauf hingewiesen, dass Michael doch noch wesentlich jünger aussieht, mir traute man dagegen die Fünfzig längst zu. Das war für mich die höchste Motivation, die man sich denken kann. Ich war davon immer wieder so begeistert, dass ich in Erwägung zog, mir einen Platz im Altersheim zu suchen. Die alten Menschen hätten garantiert ihren Spaß daran.

Irgendwann ging es mit den Schmerzen nicht mehr. Michael hatte sich entschieden, nicht mehr als Schiedsrichter unterwegs zu sein. Da er aber den Kontakt nicht verlieren wollte, freute er sich, als Linienrichter aktiv sein zu können. Immer öfter kam jetzt von ihm die

Aussage „Wenn du noch einen Spaziergang machen möchtest, gerne. Ich komme nicht mehr mit, ich muss die Beine hochlegen."

Wir schrieben das Jahr 2012 und die Operation wurde für Anfang des nächsten Jahres ins Auge gefasst. Jetzt war also die Zeit für ein künstliches Kniegelenk gekommen. Zunächst sollte noch eine Untersuchung in M. stattfinden, um eine weitere Meinung anderer Ärzte zu hören. Aber in dieser Klinik riet man auch zu einer Operation und machte mit Michael gleich einen Termin aus. Ich war entsetzt. So weit entfernt? Konnte man diese Geschichte nicht auch in unserer Stadt erledigen? Der Termin stand zunächst fest, aber wir würden auf jeden Fall im heimischen Krankenhaus noch einmal nachfragen.

Zum Glück war hier zu einem früheren Zeitpunkt noch ein Termin frei und wir sagten sofort zu. Es setzte sich langsam in unseren Köpfen fest. Ende Januar für etwa zwei

Wochen ins Krankenhaus und dann noch für drei Wochen in die Reha. Da wir fest damit rechneten, dass die Kur in B. sein wird, würde auch für uns die Zeit nicht so schlimm werden. Wir hatten dabei ein gutes Ziel vor den Augen.

Und dann fiel der Startschuss! Mit einer großen Reisetasche auf dem Fahrrad zogen wir Richtung Krankenhaus und nahmen Abschied. Die Operation sollte am nächsten Tag stattfinden und wir hofften nur das Allerbeste. Alles sollte gut gehen, natürlich ohne Komplikationen und es sollte für uns wirklich eine Besserung eintreten. Das waren die Wünsche, die ich Michael ans Herz legte und dann kam der Abschied, viele Küsschen mit Schleife und Daumendrücken.

Ich bin nicht gern ohne Michael. Ich mag es nicht, allein in der Wohnung zu sein. Ich kann mich beschäftigen, aber alles ist so ruhig. Es gab vorher einiges zu organisieren und zu besprechen, jetzt hatten wir alle Pläne und Ziele unter Dach und Fach. Die Familie konnte uns auch nicht so richtig verstehen. Sehnsucht? Ihr seid doch erwachsene Menschen. Die Zeit kann man doch locker überstehen, wenn hinterher alles ok ist.

Der Weg zum Krankenhaus ist nicht weit. Ich konnte jeden Tag zu Michael gehen, nach dem Rechten schauen und ihm Mut zusprechen. Eigentlich sprach ich uns beiden Mut zu, denn mir ging diese Geschichte natürlich auch sehr nahe. Bei der Kur, wo wir immer noch die Teufelsbadklinik im Kopf hatten, würde ich ihn besuchen können. Die Busse fuhren regelmäßig und Holger war auch bereit, mich mit dem Auto hinzufahren.

Michael war vormittags mit der Operation dran und schon in der Mittagszeit erkundigte ich mich telefonisch nach dem Befinden.

Pfleger Markus war am Telefon und berichtete „Ihr Mann hat schon alles überstanden, es ging sehr schnell und ist optimal verlaufen" Ich konnte es nicht lassen, vor Freude war ich übermütig und klärte ihn auf. „Wenn es schnell gegangen ist, haben Sie bestimmt vergessen, das Gnatzzentrum zu entfernen, darum hatte ich gebeten." Aber der junge Mann konnte meine Art von Humor nicht ganz teilen. Es war egal, ich konnte Michael schon am Nachmittag kurz besuchen. Er bekam davon nicht viel mit, lag in bunten Träumen, aber für mich war es wichtig, ihn zu sehen.

Ich ging natürlich jeden Nachmittag ins Krankenhaus. Ich war so froh, dass wir uns jeden Tag sahen und ich nach dem Rechten schauen konnte. Wenn ich nach der Besuchszeit wieder auf die Straße trat, sah ich Holger schon an der Ecke stehen. Irgendwie war das immer ein Gefühl wie

„abholen", ich mag das. Er wollte nicht allein zum Einkaufen gehen und da mich niemand zu Hause erwartete, ging ich noch eine Runde mit.

Nach einer Woche war Michael endlich wieder zu Hause. Ein großes Stück war für uns geschafft und wir waren der Meinung, es war der schwierigste Teil. Für die Kur sahen wir keine Probleme. Mit dem Laufen ging es noch sehr schwierig, aber die Ärzte waren zufrieden, alles im grünen Bereich. Also konnten wir auch zufrieden sein. Bis zu dem Zeitpunkt, als wir den Brief der Krankenkasse in den Händen hielten. Wir hatten so auf die Teufelsbadklinik gehofft und dann lasen wir …würden wir Sie gern in unserer Rehaklinik Bad T. begrüßen. Das war nicht das, was wir uns vorgestellt hatten. Ohne zu wissen, wo der Ort liegt, hatte ich sofort die Vorstellung von weiter Entfernung und drei Wochen ohne Michael allein zu Hause. Ich fand es einfach nur furchtbar. Dann nahmen wir den Autoatlas vor und waren auch nicht glücklicher. Ein Ort in einer verwinkelten Ecke im schönen Thüringen, die Strecke dorthin voll von ziemlich schmalen Straßen und vielen kleinen Orten.

Ich sah viele große Reisetaschen vor mir, Bekleidung für drei Wochen, Schuhe, Badesachen, Die vielen Duftstoffe, die Michael ständig mit sich führte... Ich hatte bis dahin die Vorstellung, dass ich zwischendurch nach B. zum Besuch und Wäschetausch fahren könnte. Jetzt mussten wir uns beruhigen und ganz neu planen. Einfach war das für uns nicht. Aber wir konnten es leider nicht ändern.

Die Transportfrage wurde gleich mit Holger geklärt. Er hatte ja jetzt das Auto von seinem Schwager und war mobil.
„Wo liegt das Problem? Natürlich fahre ich Euch, je weiter umso besser. Wie soll Michael

denn seine Ruhe haben und die Kur genießen, wenn du da dauernd aufkreuzt? Wie soll das dann mit dem Kurschatten gehen?" Ja, das war typisch, so sah man das also als Mann, aber ich konnte gar nicht darüber lachen.

Die Kur in Bad T. lief nicht ganz so, wie wir es uns vorgestellt hatten. Das Einzelzimmer war von einem Krankenhauszimmer nicht zu unterscheiden. Einen schönen Aufenthaltsraum gab es nicht. Michael schaute sich gern das große Aquarium an oder ging mal zum Kaffee trinken. Gespräche oder Kennenlernen gab es da wohl nicht. Gehübungen an der frischen Luft waren schlecht möglich, da sich im schönen Thüringen der Winter zurück gemeldet hatte und es immer wieder heftig schneite. Und mit den Gehhilfen auszurutschen wäre nicht gerade angenehm. Zum Glück konnten wir ständig telefonieren, aber so richtig glücklich klang Michael nicht. Ich war froh, als ich ihn endlich wieder bei mir hatte.

Nachdem Michael zwei Wochen zu Hause war, hatte er ständig mit Schwindel, Kreislaufbeschwerden und immer wieder Unwohlsein zu tun. Immer häufiger hörte ich von ihm „Mir ist schlecht, ich lege mich noch ein bisschen ins Bett!" Dann schlief er meist sehr lange.
Ein paar Tage konnten wir das noch auf die ganze gesundheitliche Situation schieben, aber mir gefiel die Sache nicht. Dann kam ein Wochenende, an dem er gar nicht mehr aus dem Bett wollte, ihm war nur noch schlecht, musste sich ständig übergeben und schlief viel.

Obwohl wir von Ärzten jetzt eigentlich genug hatten, stand meine Entscheidung fest. „Männer sind doch die Besten! Und da gibt es keine Entschuldigung mehr, ich werde meinen am Montag doch zum Arzt schleifen, ob er will oder nicht!" Oh Mann, da wusste ich noch nicht, was ich Stunden später wusste oder vermutete oder wie auch immer, der absolute Horror war auf dem Weg zu uns und schaute schon um die Ecke.

Michael ging es im Laufe des Tages auf keinen Fall besser. Er lag weiter mit Übelkeit im Bett, schlief zwischendurch, ging zur Toilette, um sich zu übergeben... Einfach nur schlecht und noch mehr schlecht. Ich hatte Erdbeerkuchen gebacken, aber ich saß mit Holger allein am Kaffeetisch und schaute besorgt alle zehn Minuten um die Ecke ins Schlafzimmer. Und dann dachte ich, ich könnte Michael noch für eine halbe Stunde allein lassen, um einkaufen zu gehen. Aber er kam kreidebleich aus dem Bad und brach im Flur zusammen.

Ich schaffte es irgendwie, ihn bis zum Wohnzimmer zu transportieren und setzte ihn auf den Sessel. Er starrte mich an und ich merkte, dass er nicht ansprechbar war. Er reagierte nicht auf meine Fragen. Dann fing sein ganzer Körper an zu zucken und krampfen, sein Herz schlug wie verrückt und bei mir breitete sich wilde Panik aus. Ich hielt seine Hand, massierte sein Herz, küsste seine Stirn und die Tränen liefen ungehemmt. Dann griff ich mit zitternden Händen zum Telefon, rief den Notarzt an und erklärte, was passiert ist. „Wir sind in zehn Minuten bei Ihnen!" war der einzige Trost für mich, aber um den Rettungswagen auf unseren Hof zu lassen, musste ich Michael doch noch für ein paar Minuten allein lassen.

Es gab tausend Fragen und Untersuchungen. Blutdruck, Blutzucker, die Narbe an Michaels Hinterkopf erregte die Aufmerksamkeit des Arztes und ich musste immer wieder darauf hinweisen, dass sein neues Kniegelenk noch ganz frisch ist und die Bewegung des Beines vorsichtig stattfinden soll. „Glauben Sie mir, im Moment gibt es Wichtigeres!" – Ich musste es so hinnehmen.

Es dauerte sehr lange, bis alle Untersuchungen abgeschlossen waren. Es war schon von der Einweisung in die Klinik die Rede, also hatte ich in der Zwischenzeit eine Tasche gepackt. Voller Angst und weit neben der Spur wusste ich nicht, ob ich an alles gedacht hatte oder ob irgendetwas fehlte. Michael beobachtete inzwischen das Chaos, das um ihn herum herrschte, aber er verstand nichts von alledem. Er war wieder bei Bewusstsein, konnte aber nicht sprechen, die Worte wollten einfach nicht aus seinem Mund. Was mir da alles durch den Kopf ging, welche Horrorbilder ich vor mir sah...

Ich sah ihn da nur wie ein Häufchen Elend im Sessel sitzen und ich hätte ihn so gerne in den Arm genommen. Aber überall verstellten

Sanitäter den Weg – oder war ich im Weg? Ich kam mir so hilflos und überflüssig vor. Und es ging alles furchtbar schnell. Michael wurde auf eine Gummitrage gelegt, es ging die Treppen runter, rein in den Rettungswagen, dann durfte ich doch noch mal seine Hand halten und den Hals küssen. „Es wäre möglich, dass Ihr Mann eine Hirnblutung hat. Er muss erst einmal mit in die Klinik. In einer Stunde können Sie im Krankenhaus nachfragen, solange werden die Untersuchungen dauern." Und Michael flüsterte mir ins Ohr „Sag Mutti Bescheid!", natürlich werde ich sie informieren, aber zuerst muss mein Schock- und Kummerpotential in die ertragbare Richtung gelenkt werden.

Tränenüberströmt winkte ich und ging in die leere Wohnung. Hier sah es aus wie auf einem Schlachtfeld. Ich entsorgte alle Spritzen, Kanülen und den medizinischen

Abfall, schob alle Möbel wieder an den richtigen Platz und stellte fest, mein Kopf war genau so leer und unaufgeräumt wie die Wohnung. Ich schrieb eine SMS an Holger und überlegte, was ich jetzt machen sollte. Ich schaffte nur den Gang zur Toilette, da klingelte es schon. Holger schaute entsetzt, umarmte mich und sagte „Über Hirnbluten musst du jetzt gar nicht nachdenken, darüber will ich dir auch nichts erzählen, du musst jetzt abwarten." Wir setzten uns ins Wohnzimmer und ich rief meine Eltern an. Ich schaffte es nur sehr schwer, die Zusammenhänge zu erklären, ich war immerzu nur am Heulen und dann musste ich auch schon los, weil ich im Krankenhaus das Neueste erfahren wollte. Holger begleitete mich und das war für mich sehr tröstlich, ich wollte jetzt auf keinen Fall allein sein.

Im Krankenhaus angekommen musste ich erfahren, dass sie Michael inzwischen in die

Neurologie nach W. verlegt hatten. Es war bereits 20:00 Uhr, nicht unbedingt die Zeit, um noch einen Besuch zu machen. Außerdem hatte ich jetzt erst einmal das Problem, dass zwar ein funktionstüchtiges Auto vor unserer Tür stand, ich aber bis dahin immer noch nicht in der Lage war, mit diesem Auto irgendetwas anfangen zu können. Führerschein – den werde ich wohl in meinem Leben nicht mehr brauchen – so dachte ich immer.

Das Thema stand dann also auch einmal mehr auf dem Plan. Holger erklärte sich sofort bereit, mich bei Bedarf zum Krankenhaus zu fahren. Aber ich wollte jetzt natürlich erst abwarten, welche Informationen ich aus W. bekommen würde. Dass ich für einen langen Zeitraum immer wieder auf Transporthilfe angewiesen sein würde, wusste ich zu der Zeit noch nicht. Und ich hatte zum Glück auch noch keine Ahnung, was noch alles auf uns zukommen würde. Der Nachtschlaf war für mich sowieso erledigt. Schlimme Gedanken drehten tausend Runden durch mein Hirn und fanden den Ausgang nicht.

Schon ganz früh am nächsten Morgen rief mich eine Ärztin aus W. an, um noch einige Fragen zu Michaels Krankheitsgeschichte zu klären. Die Kommunikation war etwas schwierig, da es sich um eine Ausländerin handelte, die sicher noch nicht sehr lange in Deutschland war.

Am Nachmittag konnte ich auch kurz mit Michael sprechen. Ich war davon gar nicht begeistert, er wirkte genervt, unzufrieden, eigentlich schon übellaunig. Auch mir gefiel diese ganze Geschichte nicht, bei der auch noch kein Ende abzusehen war, aber ich war daran nicht die Schuldige und ich litt genau wie Michael.

Am nächsten Morgen stellte er dann meine nervliche Verfassung wirklich auf die Probe. Die Ärztin rief mich schon früh am Morgen an, um mir zu sagen, dass mein Mann seine Tasche gepackt hatte und die Klinik auf eigenen Wunsch verlassen möchte. Ich versuchte sofort, ihn über sein Handy zu erreichen, aber er ging nicht ran. Dann habe ich es noch einmal versucht, er ging ran und erklärte mir, dass er sofort nach Hause fährt, sich ein Taxi bestellen wird und mit mir nicht darüber diskutieren will. Ich habe ihm dann nur noch sagen können, dass wir die Fahrt nicht bezahlen können und dass er bitte in der Klinik warten soll, bis ich mit Holger zum Abholen komme. Sein Knurren deutete ich einfach als OK.

Holger war entsetzt. Nicht, weil ich ihn so früh aus dem Bett geklingelt habe, sondern darüber, wie ein Mensch so unvernünftig sein kann, ohne Befundauswertung die Klinik einfach zu verlassen. Michael saß stumm, ungewaschen und unrasiert im Auto und ich las mir die Entlassungsbescheinigung durch. Kein vernünftig denkender Mensch würde bei den geäußerten Vermutungen freiwillig auf ärztliche Hilfe verzichten. Aber ich kenne ja Michael seit vielen Jahren. Was er nicht will, das blockt er ab und er realisiert nicht, wie viele Ängste und Sorgen er mir damit aufhalst.

Leider konnte ich auch zu Hause nicht in Ruhe mit ihm sprechen. Er packte nur genervt seine Sachen aus, duschte und frühstückte in aller Ruhe und legte sich dann ins Bett. In diesem Moment existierte ich für ihn nicht.

Der ambulante Termin bei der Neurologin fand erst zwei Tage später statt und eine genaue Klärung des Sachverhaltes war nicht mehr möglich, da Michael seit der Einlieferung in die Neurologie bereits

Medikamente gegen Epilepsie einnahm. Da er nach Meinung der Ärzte einen epileptischen Anfall hatte, sollten diese Tabletten für einen längeren Zeitraum zum Schutz vor erneuten Anfällen eingenommen werden.

Das Gespräch bei der Neurologin dauerte lange und war nicht gerade angenehm. Mir schwirrte der Kopf von den vielen Informationen, die wir erst einmal verarbeiten mussten. Nicht mehr Auto fahren, ständig auf der Hut sein, es könnten wieder Anfälle auftreten. Ohne Vorankündigung war er dann von einer Sekunde zur anderen nicht mehr in der Lage, auf seine Körperfunktionen Einfluss zu nehmen.

Von einer Sekunde zur anderen ein völlig anderes Leben? Es gab viel zu bedenken, um mit dieser Situation richtig umgehen zu können. Aber mein Kopf war im Moment voller Fragen und ansonsten völlig leer.

Was war mit unserem Leben passiert? Konnte ich Michael jetzt noch allein lassen? Wie sollten wir in Zukunft mit dieser Krankheit umgehen? Wie sollte ich mit meinen Sorgen und Ängsten umgehen? Mit neuen Anfällen mussten wir immer wieder rechnen. Sie konnten zu Hause im Bad genau wie auf der Straße passieren.

Was mir außerdem großes Kopfzerbrechen machte, waren die Hinweise auf dem Beipackzettel. Normalerweise lesen wir dabei nur das Wichtigste und umgehen bewusst die Nebenwirkungen, die einem oft die Gänsehaut auf den Rücken treiben. In diesem Fall fand ich es wichtig, aber der Hinweis auf eventuell zu erwartende Wesensänderung beim Patienten war für mich der Horror, denn ich bemerkte bei Michael eine Aggressivität, die ich vorher nicht von ihm kannte. Das machte mir Angst und noch mehr Angst. Das sollte eine Dauermedikation werden?

Die Krankheit Epilepsie war uns nicht unbekannt. In unserer Ausbildungszeit waren mehrere Mitschüler und auch eine Ausbilderin mit dieser Krankheit gestraft. Wir wussten, dass ganz plötzlich wie aus heiterem Himmel diese Anfälle auftreten konnten. Wir wussten aber auch, dass bei guter Einstellung mit den richtigen Medikamenten bei vielen Patienten jahrelang keine Anfälle auftraten. Das gab uns ein ganz kleines Stückchen Hoffnung, aber bis wir so weit waren, könnte einige Zeit vergehen.

Um Michaels Arbeit machten wir uns zunächst nicht so große Sorgen. Er war ja für eine längere Zeit krankgeschrieben und das war auch gut so. Sein großes Hobby, der Fußball, musste auch erst einmal auf Eis gelegt werden. Wie ging es da weiter? Auch dabei konnten Anfälle auftreten. Auto fahren war sowieso tabu, erst recht, wenn man noch andere Leute im Auto mitnahm.

Nachdem wir uns ständig mit der neuen Lebenssituation beschäftigten und immer nach Lösungen suchten, kam für mich das Angebot, wieder ganztags zu arbeiten. In meinem Alter noch einen Job zu bekommen ist mehr als ein Sechser im Lotto, darüber brauchten wir nicht nachdenken. Michael den ganzen Tag allein zu lassen und nicht zu wissen, ob es ihm gut geht und wie er sich fühlt, das war schon eine ganz andere Kiste. Und da zeigte sich wieder einmal, dass ich eine Glucke war. Eine große Überdosis von diesem Gen hatte man mir in die Wiege gelegt und ich durfte jetzt überlegen, wie ich damit klar kam. Immer nur Ängste und Sorgen um meine Lieben, ich fand es nicht übertrieben. Ist es verkehrt, sich Sorgen zu machen, wenn es um so eine Krankheit geht?

Michael unterstützte mich bei meiner Entscheidung. „Die Arbeit wird dir mit Sicherheit Freude machen und du freust dich doch so sehr darauf. Die Krankheit werden wir mit Medikamenten in den Griff bekommen und wenn es gar nicht anders geht, kann man sich später noch anders entscheiden."

Ich unterschrieb den Arbeitsvertrag, freute mich unheimlich auf die Arbeit und nahm mir vor, alle Ängste in die hintere Schublade zu schieben. Irgendwie haben wir doch bisher unser Leben gut gemeistert. Schwierigkeiten sind da, um sie zu bestehen und wir werden uns nicht mit Problemen beschäftigen, die vielleicht gar nicht da sind. Wir trafen eine Abmachung, die uns beiden das Leben erleichtern sollte. Michael sollte mich täglich alle zwei Stunden auf meinem Handy kurz anklingeln. Das sollte das Zeichen sein, dass bei ihm alles in Ordnung war. Leider haben

Männer nicht die geringste Ahnung, wie viele Ängste und Sorgen ein Frauenherz produzieren kann. Also wurde diese Abmachung sehr oft vergessen.

Da ich meinen Dienst genau zu Beginn der Saison antrat, wurde ich buchstäblich ins kalte Wasser geschmissen. Der Tourismus ist ein interessantes Geschäft. Man geht davon aus, dass alle reisenden Menschen entspannt sind und ihre Freizeit in schöner Umgebung einfach nur genießen wollen. Es gibt aber auch einige Zeitgenossen, die in jeder noch so guten Suppe ein Haar finden und sich gerne mal über unwichtige Dinge aufregen. Das sind aber zum Glück nur wenige, insgesamt macht der Umgang mit Menschen großen Spaß, wenn man sie mit Freundlichkeit und Respekt behandelt und immer zu einem Scherz bereit ist.

Die privaten Sorgen stehen dann im Hintergrund, das Lächeln ist da und gehört den Gästen. Die Sorgen werden immer wieder nach hinten geschoben und der Kopf weiß nicht, dass dort irgendwann kein Platz mehr vorhanden ist. Oder er ignoriert es einfach.

Mitte April und auch Anfang Mai kam es wieder häufiger zu Anfällen und Michael verbrachte mehrmals einige Tage im Krankenhaus. In meinem Kopf war zusätzlich Platz für zwei Gedanken. War es richtig, in dieser für uns so schwierigen Lebensphase Arbeit anzunehmen? Konnte ich unter diesen Bedingungen meine Arbeit und unser Privatleben in ansprechender Weise fortführen? Ansprechend hieß für mich immer anspruchsvoll. Ich war nicht in der Lage, es allen Menschen Recht zu machen, aber ich wollte immer mit gutem Gewissen meinen Tag beenden können.

Mehrmals im Monat gab es diese Störungen, beginnend mit Unwohlsein, Übelkeit und ständigem Schlafen. Dann die Anfälle mit Notarzt und Einweisung in die Klinik, in der Zeit war Michael in den besten Händen und ich hatte keine Angst. Dann kam die Freude, wenn er wieder zu Hause war und wieder die Frage „Wie lange dauert es bis zum nächsten Mal?"

Mein zweiter Gedanke drehte sich um die Transportfrage. Das Krankenhaus in W. ist immerhin eine halbe Autostunde von hier entfernt und für mich nach Feierabend mit Bus oder Bahn gar nicht mehr zu erreichen. Holger bot sich sofort an, mich bei Bedarf zum Krankenhaus zu fahren, das rechne ich ihm ganz hoch an. Aber wir wussten bis jetzt noch nicht, wie sich die ganze Krankengeschichte weiter entwickeln würde und wie lange ich noch auf seine Hilfe angewiesen wäre.

Immer wieder bedrängte mich dieser Gedanke und immer wieder flüsterte mir jemand zu „Du brauchst einen Führerschein!" Im Moment wusste ich gar nicht, wie das praktisch zu schaffen wäre. Mein Arbeitstag ging meist bis 18:00 Uhr, ich hatte sechs Tage im Monat frei, meine Nerven waren durch die vielen Sorgen auch nicht die Besten. Kriegt man das in meinem Alter trotzdem auf die Reihe? Auf jeden Fall hatte ich es auf meinem Plan, ohne Vorstellung, wie und wann ich ihn in die Tat umsetze. Unser Leben sollte außer Krankheit noch einen anderen Sinn haben, dafür wollte ich mir einen Wunsch erfüllen, den ich eigentlich nie hatte.

Im Mai feierten wir unseren Hochzeitstag. Es war der dreißigste und das ist schon etwas Besonderes. Es gibt nicht viele Paare, die so lange zusammen sind und immer noch großes Interesse aneinander haben. Es war geplant, mit Eltern und Schwiegereltern essen zu gehen und natürlich war auch unsere Tochter mit ihrem Freund eingeladen. Für mich war es der erste freie Tag nach meinem Arbeitsbeginn und wir waren beide schrecklich aufgeregt. Bei Michael zeigte es sich besonders. Bei einem Ereignis, das vom normalen Tagesgeschehen abweicht und das auch Emotionen freilegt, reagiert seine Seele sofort. In seinem Kopf laufen dann Vorgänge ab, die wir nicht erklären können und die wir auch nicht beeinflussen können.

Nach dem Auftreten seiner Erkrankung habe ich es mir zur Angewohnheit gemacht, in einem Tagebuch sein Befinden und die äußeren Umstände zu notieren. Wir wollten diese Krankheit so schnell wie möglich in den Griff bekommen und dazu gehörte auch, dass man jede noch so kleine Veränderung oder seelische Begebenheit notiert und analysiert. Die Ursache für diese Geschichte sollte herausgefunden werden und das ging am besten im häuslichen und menschlichen Umfeld. Genau dort, wo sie entstanden war.

Der Tag vor dem Hochzeitstag verlief völlig normal. Ich ging zur Arbeit und hatte viel zu tun. Es war Pfingsten bei sehr gutem Wetter, also fanden sehr viele Gäste den Weg in unser schönes Städtchen. Die Arbeit machte mir heute besonders viel Spaß, weil alle Menschen fröhlich gestimmt waren und ich mich auch auf meinen ersten freien Tag freute. Auf die Gäste, auf das Mittagessen in guter Atmosphäre und natürlich auf den Hochzeitstag. Dreißig Jahre sind Grund für einen Durchhalteorden. Und da wir im Moment mit so vielen Hindernissen zu kämpfen hatten, war der Zusammenhalt ganz besonders wichtig.

Am Abend klagte Michael über Unwohlsein, legte sich ins Bett und ich schaute in kurzen Zeitabständen zu ihm. Als der erste Anfall kam, legte ich mich neben ihn. Ich hielt seine

Hand, streichelte seinen Rücken und erzähle ihm etwas Schönes. Ich wusste genau, es war jetzt wieder die Zeit, in der er nicht auf dieser Welt war und meine Worte ihn nicht erreichten. Diese „Gespräche" waren trotzdem ganz wichtig für uns.

Dabei hatte ich immer eine Erinnerung vor Augen, die ähnlich ablief, aber in allem wesentlich positiver war als diese Anfälle. Als Karina noch ein kleines Baby war und ich sie auch nachts noch wickeln und füttern musste, habe ich die ganze Zeit mit ihr gesprochen. Auch für sie war völlig unverständlich, was ihre Mama ihr alles erzählt hat, aber sie hat mich immer mit großen Augen angesehen und hat sich gefreut. Und es hat auch nicht lange gedauert, bis sie selbst mit dem Gebrabbel anfing und mit Händen und Füßen erzählte.

Am Hochzeitstag ging es Michael wieder sehr gut. Gleich nach dem Aufwachen beugte ich mich zu ihm und wir redeten über den Vorabend mit fünf Anfällen, die Pläne für den heutigen Tag und hielten uns ganz fest. Die Familie traf am Vormittag ein und wir hatten einen Tisch im Restaurant bestellt. Es war alles ganz toll und harmonisch und ich dachte die ganze Zeit, so ist es schön, so muss es sein und der gestrige Abend wird einfach gestrichen.

Den Sommer überstanden wir mit unheimlich viel Glück. Wenn Michael zu Hause war, kündigte ein Kribbeln im Bauch und Unwohlsein einen Anfall an und er legte sich dann sofort ins Bett. Da war er sicher. Er konnte nicht fallen, er konnte nichts herunter reißen. Es war für ihn und für mich das Beste.

Anfang Juni und Anfang Juli kamen wieder Anfälle, die Klinikaufenthalte nötig machten, im August hatte er mehrere Tage mit Übelkeit und leichten Anfällen zu kämpfen. Ich hatte ein paar freie Tage und kümmerte mich selbst um Michael. Die Telefonnummer 112, die Textpassage „Mein Mann hat einen epileptischen Anfall", die Rettungsfahrzeuge im Hof, das Tasche packen und Abschied nehmen – ich wollte es einfach nicht mehr, ich konnte es nicht mehr ertragen.

Schon Ende Juni zeigten sich bei mir die ersten Schwächen. Es ging nicht nur arbeitsmäßig von Null auf Hundert, ich hatte auch selten frei und ich arbeitete bei über dreißig Grad die meiste Zeit in der Sonne. Die Ängste um Michael waren immer wieder da und es war nicht nur die Sorge, ich stand auch immer mit allem allein da. Aber zum Reden war Holger da und darüber war ich sehr froh. Wenn Michael im Krankenhaus war, war er in guten Händen und ich musste mich nur um die Organisation des Transportes kümmern. Wenn er zu Hause war, war ich froh und redete mir ein, alles ist gut. Doch bei der Arbeit erwischten mich immer wieder die Gedanken, wie es ihm geht und ob bei ihm alles in Ordnung war.

Zu dieser Zeit hatte ich zum ersten Mal die Vorstellung, dass jede Straße zwei Seiten hat und nur auf einer Seite scheint die Sonne. Wenn es mit Michaels Gesundheit wieder schlimm wurde, wenn es zu Anfällen und einem Klinikaufenthalt kam, dann wurde ich von einer Sekunde zur anderen auf die andere Straßenseite geworfen. Das waren dann auch die Zeiten, in denen ich feststellte, dass man mir „die andere Straßenseite" ansah, dass Sorgen immer wieder zu sehen sind und leider auch alt machen. Ich wollte nicht mehr bewusst in den Spiegel schauen. Wenn ich zufällig im Flur am Spiegel vorbei kam, dachte ich mir „Ach ja, wieder der kranke Pandabär". Aber lustig war es nicht.

In dieser Zeit, wo Michael nicht Auto fahren durfte und ich so wenig Freizeit hatte, waren private Aktivitäten bei uns Mangelware.

Touren durch den Harz, bei denen wir immer Entspannung und Abwechslung gefunden hatten, fanden gar nicht mehr statt. Nur ganz selten fanden wir die Zeit für eine kleine Tour, bei der Holger mit dabei war und als Fahrer eine große Hilfe war. Wir haben für ganz kurze Zeit Krankheit und Sorgen vergessen und für ein paar Stunden war die Welt in Ordnung. Wir haben das sehr genossen.

Der September war für uns wieder eine schwierige Zeit. Zu Anfang des Monats hatte ich einen freien Tag und Michael sollte am Nachmittag ein paar Stunden arbeiten. Da es ihm zur Mittagszeit schon nicht gut ging, wollte ich ihn zur Arbeit begleiten. Und wieder breitete sich der Gedanke aus, dass diese ganze Geschichte mit der Arbeit im Zusammenhang stand. Auf halber Strecke klagte er über Unwohlsein und ich bemerkte, dass er schwankend ging und ohne

Gesichtsfarbe war. Ich nahm seinen Arm und wir kamen nach ein paar Metern an einem griechischen Restaurant vorbei, die Tische und Stühle waren vor dem Lokal aufgestellt worden.

Gerade bis zu diesem Platz konnte Michael noch laufen, dann brach er zusammen und das böse Spiel begann. Ein Anfall schüttelte ihn und ich griff sofort zu meinem Handy und rief den Notarzt an. Es war nur ein paar Hundert Meter bis zum Krankenhaus, der Notarztwagen kündigte sich mit Sirenen an und stand in wenigen Minuten neben uns. Die Ärztin, die Sanitäter, es waren alles bekannte Gesichter, die wir schon von vielen Einsätzen kannten und die sich immer über unser enges Schlafzimmer amüsiert haben. Es war auch nicht unser Plan, mehrere Sanitäter und Ärzte in unserem Schlafzimmer aufzunehmen, das sollte eigentlich immer nur unser Bereich sein. Jetzt waren wir auf der Straße und es war genug Platz. Ich hatte aber ganz andere Sorgen im Kopf.

Es war also wieder ein Klinikaufenthalt nötig und ich war froh, als Michael nach ein paar Tagen wieder zu Hause war. Es ging ihm nicht wirklich gut, er hatte oft mit Unwohlsein zu tun. Meist schlief er den ganzen Tag, was immer mit den vielen Medikamenten begründet wurde. Dieses Leben gefiel uns nicht wirklich. Wir unternahmen so gut wie nichts mehr. Entweder war ich bei der Arbeit oder Michael ging es nicht gut und er schlief nur. Irgendetwas musste sich da ändern. Aber bisher hatte niemand eine Lösung für dieses Problem.

Ein paar Tage später hatte Michael einen Termin bei seiner Neurologin. Ich begleitete ihn und wir hatten wieder die Hoffnung, dass irgendetwas getan wurde, das uns weiterhelfen könnte. Aber es kam alles ganz anders. Wir schafften gemeinsam gerade den

Weg bis zur Ambulanz. Schon im Flur brach Michael zusammen, zu unserem Glück gab es dort eine Bank, auf der ich ihn absetzen konnte, um Hilfe zu holen. Gemeinsam mit der Schwester brachte ich Michael in ein Behandlungszimmer, wo er sich auf die Pritsche legen konnte. Er krampfte die ganze Zeit, wieder ein Anfall und wieder wurde ich auf die andere Straßenseite geworfen, dahin wo Ängste und Sorgen wohnen.

Die Einweisung in die Klinik fand dann direkt von der Sprechstunde aus statt und ich hatte einmal mehr das Problem, dass wir keine Sachen für den Klinikaufenthalt dabei hatten und auch zu Hause keine gepackte Tasche vorbereitet war. Als der Rettungswagen in Richtung B. losfuhr, ging ich zum einkaufen und rief von unterwegs Holger an. „Ich bin mal wieder neben der Spur. Michael wird gerade nach B. in die Klinik gefahren. Er hat keine Sachen dabei. Ich muss mal wieder um

Hilfe betteln." Und ich hörte die Antwort und war sehr beruhigt „Ich muss jetzt auch noch etwas einkaufen. Du kannst ja inzwischen die Tasche fertig packen, ich stehe dann nachher an Eurem Auto." Mir fiel ein Stein vom Herzen. Wie wunderbar ist es doch, wenn man Freunde hat.

In einem Monat zweimal in der Klinik, da kann es doch nur besser werden. Aber schon Anfang Oktober ging es weiter. Wir hatten es so eingerichtet, dass wir oft telefonierten, wenn ich bei der Arbeit war. Meist war nur ein kurzes Anklingeln das Zeichen dafür, dass zu Hause alles in Ordnung war. Manchmal gab es auch ganz kurze Gespräche, so viel Zeit musste sein.

Dann kam ein Anruf vormittags um 11:00 Uhr. „Es geht mir gar nicht gut, ich werde mich hinlegen". Ich blieb am Telefon, bis Michael sicher im Bett lag und bat ihn, sich zu melden, wenn er ausgeschlafen hatte oder wenn es etwas Neues gab. Kurz vor Feierabend klingelte mein Handy noch einmal und ich hörte am anderen Ende der Leitung nur die Geräusche eines Anfalles.

Nicht gerade ruhig verbrachte ich die restliche Arbeitszeit und stürmte dann nach Hause. Nur schnell die Tür aufschließen und um die Ecke ins Schlafzimmer schauen – wie oft hatte ich das schon erlebt? Immer wieder diese Angst! Michael lag im Bett und krampfte, das Handy lag neben ihm. Das Positive an dem Ganzen: es war ihm nichts passiert.

Natürlich verließ ich die Wohnung nicht mehr, ich hatte einiges im Haushalt nachzuholen und ich schaute alle fünf Minuten um die Ecke, um nach dem Rechten zu sehen. Ich schaffte es auch, ihm in ein paar klaren Minuten seine Tabletten zu geben, die er ja trotz allem regelmäßig und zur genannten Zeit nehmen musste. Bis 21:00

Uhr wechselten Anfälle mit Schlafen ab und später hatte er sogar ein wenig Appetit und aß Abendbrot. Am nächsten Tag ging es ihm wieder gut.

Im November erreichte uns die gleiche Phase, ein paar Tage Unwohlsein und Übelkeit. Michael rief mich mehrmals bei der Arbeit an. Er berichtete, wie es ihm geht. Meistens schleppte er sich mehr schlecht als recht durch den Tag und verschlief die Zeit. Zwischendurch kamen immer wieder Anfälle. Das merkte er, wenn er dann wieder klar war. Aber wenn er im Bett lag, passierte ihm nichts. Das war für uns ein ganzes großes Glück!

Nach kurzer Zeit wurde Michael von der Neurologin gesundgeschrieben und arbeitete wieder ein paar Stunden in der Woche. Und bei meinen ganzen Beobachtungen und den Aufzeichnungen im Anfalltagebuch zeigte sich immer wieder, dass sich die Anfälle häuften, wenn er Dienst haben sollte. Er hatte vorher schon berichtet, dass er nach der Schließung seiner Abteilung und dem Wechsel ins Lager nicht mehr so viel Freude an der Arbeit hatte. Er hatte ständig das Gefühl, von allen Seiten beobachtet zu werden.

Wir wären aber nie auf die Idee gekommen, dass man sich daran nicht gewöhnen könnte und schon gar nicht, dass aus dieser Situation eine neurologische Störung entstehen kann. Wir haben dem also nicht allzu viel Bedeutung beigemessen und die Geschichte einfach weiter beobachtet.

Als dann die Adventszeit immer näher rückte, machte ich mir wieder Sorgen. In diesen vier Wochen ist bei mir der meiste Stress und Störungen jeglicher Art wären unangebracht. Michael ging es etwas besser und wir hatten die Hoffnung, dass sich bis zum Jahresende daran nichts ändert. Aber schon das erste

Wochenende zeigte uns, dass nicht alle Wünsche in Erfüllung gehen.

Michael hatte mit der Inventur zu tun und sollte von 18:00 Uhr bis 22:00 Uhr Dienst tun. Ich hatte einen Zehnstundentag hinter mir und erwartete von dem Abend nichts mehr. Ich wollte nur noch die Beine hochlegen und entspannen. Etwa um 21:00 Uhr klingelte das Telefon und eine böse Ahnung stieg sofort in mir hoch, die sich auch bestätigte. „Ihrem Mann geht es sehr schlecht, können Sie ihn abholen?"

Jacke an, Schuhe an, Schlüssel nicht vergessen – es war alles eins. Und ich hetzte durch die Stadt, immer mit diesem dummen Gedanken im ganzen Körper, NICHT SCHON WIEDER! Meine Gefühle gingen sowieso völlig mit mir durch.

Es dauerte eine Weile, bis ich in das Gebäude kam, bei der Inventur wurde alles abgeschlossen. Die Chefin war genervt „Ihr Mann hat meine ganze Planung durcheinander gebracht." Dazu fand ich keine Worte.

Und dann sah ich Michael, auf dem Boden hockend, mit dem Rücken an die Wand gelehnt. Ich brauchte nicht lange zu überlegen, er hatte einen Anfall. „Haben Sie schon den Notarzt gerufen?" Meine Stimme klang bestimmt nicht freundlich. Dazu war ich nicht mehr in der Lage. Hilfe holen, das wäre ja wohl das Wichtigste gewesen. „Ich dachte, Sie würden ihn jetzt mit nach Hause nehmen."

Meine Vorstellungskraft versagte völlig. Wirre Gedanken fielen in meinem Hirn übereinander her. Ich sollte ihn wohl jetzt auf die Schulter nehmen und nach Hause tragen. Auch morgen musste ich wieder zehn Stunden arbeiten, ich würde ihn dann einfach mit zur Arbeit nehmen. Ich werde mir eine Schubkarre besorgen. Oder vielleicht reicht mein Fahrradkorb? Mein Kopf war nicht mehr zur Logik fähig und zum Lachen war mir auch nicht zumute.

Der Notarztwagen kam innerhalb von zwanzig Minuten. Ich stieg mit ein und wir verbrachten knapp zwei Stunden in der Notambulanz. Immer wieder das gleiche. Beruhigungsspritze, Untersuchungen, Befragungen. Natürlich sollte Michael in der Klinik bleiben. Und darüber musste ich auch noch froh sein, denn ich wusste, im Krankenhaus war er in den besten Händen. Hier konnte ihm nichts passieren.

Er wurde wieder nach W. in die Neurologie gebracht. Die Sanitäter nahmen einen Umweg in Kauf, um mich nach Hause zu bringen. „Sie müssen jetzt um Mitternacht nicht mehr allein durch die Straßen laufen. Die Klinik wird sich sicher nochmal mit Ihnen in Verbindung setzen, die

Medikamenteneinstellung ist nicht bekannt."
Ich war wirklich erst mitten in der Nacht zu
Hause. Ich rief gleich bei Holger an. Ich
musste schon wieder um seine Hilfe bitten.
Er hatte mir heute bei der Arbeit geholfen
und ich konnte mir vorstellen, dass er
genauso müde war wie ich. Ich wusste aber,
dass sein Tagesrhythmus etwas anders war
und er um diese Zeit hoffentlich noch am
Computer saß.

Jetzt ging es darum, wie ich die Sachen für
Michael nach W. in die Klinik bekam. Da gab
es für mich nur eine Lösung – Holger. Immer
wieder musste ich betteln und immer wieder
war er zur Hilfe bereit. „Ich packe jetzt noch
schnell die Tasche und lege sie morgen früh
ins Auto. Den Autoschlüssel schmeiße ich dir
in deinen Briefkasten." Und ich konnte mich
darauf verlassen, dass Michael seine Sachen
bekam, unser Auto wieder auf dem Stellplatz

stand und Holger mich trotzdem später bei meiner Arbeit unterstützen würde.

Um 1:00 Uhr nachts rief die Klinik W. an. Zum Glück hatten wir im Küchenschrank den Zettel mit der Dosierung. Ich hatte die Aufteilung nicht im Kopf, das änderte sich ja ständig. Aber ich nahm mir für die Zukunft vor, immer einen aktuellen Medikamentenplan in der Tasche zu haben.

Im Bett fand ich einfach keine Ruhe. „Die Nacht ist erst zu Ende, wenn man geschlafen hat". Ein schöner Spruch, meinen Wecker interessierte das nicht so sehr, er klingelte sehr früh. Ich hatte wieder zehn Stunden Lächeln und Freundlichkeit auf dem Plan.

Auch diese stressige Zeit ging vorbei und es war an der Zeit, gute Gedanken und neue Hoffnung in die Gedanken zu bringen. Über die Feiertage bis ins neue Jahr hatte ich insgesamt vier freie Tage, die sollten genutzt werden. Es war alles auf Ruhe und Entspannung aus, soweit es möglich war. Es lief zu Hause alles bestens, bei der Arbeit ging der Gästestrom noch ein paar Tage bis ins neue Jahr hinein und dann kamen wirklich die ruhigen Wochen bis zum Beginn des Frühlings.

Den Jahreswechsel verbrachten wir im kleinen Kreise. Karina kam mit ihrem Freund zu uns und Holger begrüßte auch bei uns und mit uns das neue Jahr. Es ging ruhig zu, für große Partys sind wir nicht zu haben. Wir aßen gut, schauten ein bisschen Fernsehen und gingen zwischendurch eine Runde durch die Stadt. Um 23:00 Uhr verabschiedete sich Michael „Mir geht es nicht gut, ich habe Kopfschmerzen und bin sehr müde. Ich werde ins Bett gehen."

So etwas hatte es in unserer langen Ehe noch nicht gegeben, noch nie haben wir den Jahreswechsel ohne einander verbracht. Ich umarmte ihn nochmal und wünschte, dass das neue Jahr schöner wird als das vergangene und dass wir bald wieder ein normales Leben führen können.

Zum Start ins neue Jahr prosteten wir uns zu und wünschten nur das Beste, ich musste die Tränen zurückhalten. So hatten wir uns das nicht vorgestellt und so ganz ohne Michael wollte ich auch nicht ins neue Jahr starten. Ich ging nochmal ins Schlafzimmer und drückte meinen Mann ganz fest. Ich flüsterte ihm ins Ohr, dass wir die Hoffnung nicht aufgeben dürfen und dass alles wieder gut wird, aber er merkte von alledem nichts. Für mich war es trotzdem wichtig.

Am Neujahrstag ging schon am frühen Morgen die Anfallserie weiter. Michael krampfte die ganze Zeit, in der ich mich für die Arbeit fertig machte. Ich ging immer wieder ins Schlafzimmer und streichelte seinen Rücken. „Alles wird gut! Irgendwann wird alles gut!" Karina musste ich kurz wecken, um Bescheid zu geben, dass sie auf Papa achten soll und immer mal um die Ecke schauen soll. „Soll ich den Notarzt rufen?" – „Nein, erst einmal nicht, seine Tabletten hat er genommen. Wenn er zur Toilette muss, begleite ihn bitte und mache ihm auch etwas zum Essen." Ich musste zur Arbeit, aber ich ging mit der Gewissheit los, dass alle Menschen am heutigen Tag etwas länger schlafen wollen und keine große Lust auf Unternehmungen haben.

Es war wirklich ein ruhiger Dienst, bis zum Mittag war kein Mensch zu sehen und danach auch nur ein paar wenige Gäste. Kurz vor Feierabend kam die ganze Familie zu mir. Michael hatte sich auch heraus getraut, er war ja in guter Begleitung. Er wirkte angeschlagen, sah sehr blass aus, hatte Kopfschmerzen und war trotz des vielen Schlafens sehr müde. Wir gingen eine kleine

Runde durch die Stadt und waren bald wieder zu Hause. Unser Besuch trat die Heimreise an und ich hatte die Hoffnung, dass am nächsten Tag mit Michael wieder alles in Ordnung sein würde.

Aber einen guten Start in dieses neue Jahr gönnte uns wohl keiner. Am 2. Januar sah alles noch viel schlimmer aus. Um 10:00 Uhr erhielt ich eine SMS von Michael, es würde ihm gut gehen.
Um 13:00 Uhr kam der Anruf „Mir geht es sehr schlecht, ich lege mich jetzt ins Bett." Und später am Tag kam noch ein Anruf „Ich bin jetzt gerade wach geworden, ich habe bestimmt die ganze Zeit gekrampft. Mir geht es sehr schlecht, kannst du den Notarzt rufen?"

Ich hatte zum Glück fast Feierabend und lief dann sofort nach Hause. Und wieder der ängstliche Blick ins Schlafzimmer, immer der gleiche Anblick. Michael lag im Bett und krampfte, das Handy lag neben ihm. Wie oft hat es uns schon aus verzweifelten Situationen gerettet?

Ich rief sofort den Notarzt. Innerhalb von zehn Minuten hatten wir den ganzen Aufmarsch im Hof. Die gleiche Ärztin, auch einige Sanitäter kannten wir. Ach ja, wieder dieses enge Schlafzimmer! Die Tasche hatte ich in der Zwischenzeit schon gepackt. Auch daran kann man sich gewöhnen, ob man will oder nicht. Und wieder ging es los in die Klinik in W., wieder Abschied nehmen, wieder diese leere ruhige Wohnung.

Am nächsten Tag rief mich Michael gleich nach der Visite an. Nach der Ankunft in der Notambulanz hatte er noch mehrere Anfälle. Nach der Auswertung der ersten Untersuchungen wären sich die Ärzte einig, dass er medikamentös total überdosiert war. Außerdem kamen zum ersten Mal Zweifel an der Diagnose Epilepsie. Wenn wir zu Anfang der Krankengeschichte gedacht haben, Epilepsie wäre einfach unmöglich, dann verstanden wir nicht, was jetzt anders sein sollte. Michael hatte Anfälle, bei denen der ganze Körper zitterte und krampfte und er war in dieser Zeit nicht ansprechbar. Nach einem Anfall, wenn der Kopf dann wieder klar war, hatte er Schwierigkeiten mit dem Sprechen. Er wollte etwas erzählen, aber die Worte fanden nicht den richtigen Weg. Danach schlief er stundenlang und wenn er aufwachte, hatte er Kopfschmerzen.

Wir hofften auf weitere Untersuchungen, aber nach ein paar Tagen war er wieder zu Hause, mit einer geringfügig anderen Dosierung und der Überweisung zur Sprechstunde des Spezialisten für Epilepsie in M. Natürlich bekommt man beim Facharzt nicht sofort einen Termin, das ist bekannt. Wir mussten also die Hoffnung auf neue Erkenntnisse bis Mitte März verschieben.

Inzwischen ging es Michael nicht wirklich besser. Schon nach ein paar Tagen gingen die Störungen mit Unwohlsein, Übelkeit, Erbrechen und ständigem Schlafen weiter. Ich hörte am Telefon die bekannten Worte. „Es geht mir gar nicht gut, ich werde mich ins Bett legen." Sein Leben wechselte zwischen schlafen und Anfällen, mein Leben wechselte zwischen Arbeit und Angst. Ich hatte einen ganz normalen Frisörtermin vor mir. Ich wollte gar nichts Besonderes, nur einfach mal etwas für mich tun. Es war geplant, dass ich meine sorgenvolle Optik wenigstens etwas verändern ließ, von verbessern konnte ich schon gar nicht mehr reden. Aber wieder kamen Anfälle dazwischen, in denen ich Michael nicht allein lassen konnte und natürlich auch nicht wollte.

Wenn sein Kopf wieder klar war, wollte er sich immer dafür entschuldigen. Dafür fand ich gar keinen Grund. In guten wie in bösen

Tagen, in Gesundheit und Krankheit… Diese Schwüre gab es bei uns nie, wir wussten auch so, dass wir uns aufeinander verlassen konnten. Hatte er das vergessen? Und dabei musste ich immer an seine Chefin denken. Ich musste Michael so oft krankheitshalber vom Dienst abmelden und das immer erst kurz vor Arbeitsbeginn. Das war für keinen Chef toll, man verließ sich auf seine Mitarbeiter und es war sicher schwierig, noch schnell Ersatz zu finden. Es war aber für mich nicht nachvollziehbar, dass sie mich dafür beschimpfte. Dass es mir in dem Moment auch nicht gut ging, könnte man sich eigentlich denken. Für Krankheiten braucht man keine Schuldigen suchen, es gibt sie nicht.

Weder Michael noch ich haben sich so etwas ausgedacht, auf diese Störungen könnten wir gerne verzichten. Es bringt also nichts, sich Gedanken über Schuld und Unschuld zu machen. Es ist eine chaotische Situation für uns beide, für die es im Moment noch keine Lösung gibt. Ich weiß aber ganz genau, dass irgendwann alles wieder gut wird und wir unser normales Leben weiterführen werden.

Dann kam für uns die nächste Enttäuschung. So wie Michaels Gesundheitszustand im Moment war, war natürlich an Arbeit nicht zu denken. Wir hatten schon vor einem halben Jahr vorsorglich einen Rentenantrag gestellt, der mit einem schriftlichen Bescheid abgelehnt wurde. Nun mussten wir die Antwort auf den Widerspruch abwarten, den wir sofort auf den Weg gebracht hatten.

Inzwischen hatte ich mich bei der Fahrschule angemeldet. Ich konnte mir noch nicht so recht vorstellen, wie ich das zeitlich schaffen sollte, aber bis Ende März war es bei der Arbeit noch etwas ruhiger und ich hatte eine angenehme Arbeitszeit. Da konnte man schon einiges schaffen. Die theoretische

Ausbildung war damit schon mal abgesichert. In den meisten Fahrschulen laufen die theoretische und die praktische Ausbildung parallel, so dass ich in der Situation war, schon vor Beginn der Theorie vier Stunden Fahrpraxis zu haben. Das war für mich etwas ganz Neues. Ich habe noch nie in meinem Leben selbständig ein Auto bewegt, was der Fahrlehrer als sehr positiv einschätzte. Nachdem er mir etwa eine halbe Stunde lang die Technik am Auto erklärt hatte, ging es auf einer Nebenstrecke im Gewerbegebiet los.

Wir erreichten die Landstraße und ich sollte sofort weiterfahren. Voll konzentriert, aufgeregt und doch ganz ruhig, stolz wie ein Spanier und völlig geschlaucht parkte ich das Auto vier Stunden später vor unserer Tür. Ich konnte gar nicht beschreiben, wie kaputt ich nach dieser nervlichen Anspannung war, aber es war ein schönes Gefühl.

Ich war stolz auf meine Leistung und ich spürte schon ein bisschen die Freude am Fahren, obwohl mir klar war, dass es noch ein sehr weiter Weg zum Führerschein war. Jedenfalls hatte ich den ersten Schritt getan und es brauchte nur noch weitergehen. Am nächsten Abend war ich bei der ersten Unterrichtsstunde doch etwas erstaunt, dass nur sehr junge Leute am Tisch saßen. Wahrscheinlich war es wirklich das Beste, gleich mit achtzehn Jahren das Autofahren zu erlernen. Ich fühlte mich uralt, weil ich mir nicht wie die Mutter, sondern wie die Oma vorkam.

Der Fahrlehrer hatte ein sehr gutes Verhältnis zu seinen Schützlingen. Alle duzten sich und er war sich auch nicht zu fein, sich private Probleme anzuhören. Er wusste, warum ich mich in meinem Alter noch zu diesem Schritt entschieden hatte und wollte mich in meinem Vorhaben unterstützen.

„Spätestens im Herbst könnt Ihr dann wieder wie früher ein paar Touren in den Bergen unternehmen. Du machst das sehr gut und du hast einen Vorteil, du hast ein großes Ziel vor den Augen."

Die abendliche theoretische Ausbildung machte mir zeitlich gar keine Schwierigkeiten. Die Fahrstunden konnte ich immer nach Absprache realisieren. In der ersten Zeit nach Feierabend, nach Beginn der Saison habe ich die freien Tage dafür genutzt. Es machte mir Spaß und es war wirklich so, dass ich hochmotiviert war. Es ging darum, unsere wenige Freizeit optimal zu nutzen.

Als ich die Theorie bestanden hatte und nach Meinung des Fahrlehrers auch praktisch prüfungssicher war, meldete er mich dann für den großen Countdown an. Ich wusste, wie das Fahren funktioniert und die Verkehrszeichen und Vorfahrtsregeln kannte ich auch. Was ich vorher schon befürchtete und was sich auch bestätigte, war das Problem, meine Nerven in den Griff zu bekommen. Der Mann, der sich hinter mir ein Bild von meinen Fahrkünsten machen wollte, wirkte auf mich nicht gerade motivierend oder beruhigend. Ich hatte das Gefühl, als wenn er prinzipiell etwas gegen Fahranfänger Ü50 hatte und ich war dementsprechend nervös wie ein Zitteraal. Als er nach fünfzehn Minuten sagte, ich möchte doch bitte rechts ran fahren und die Prüfung wäre damit beendet, wunderte ich mich eigentlich nicht. Ich war trotzdem schwer enttäuscht. Ich wollte auch nicht wieder mit zurück fahren, ich brauchte jetzt zum Abreagieren den langen Fußmarsch bis nach Hause, bei dem ich die Tränen ungehemmt fließen lassen konnte.

Zwischendurch machten die gesundheitlichen Störungen keine Pause. Ein Tag zum Ende des Januars, um 11:00 Uhr vormittags kam wieder der Anruf „Mir geht es sehr schlecht, ich lege mich ins Bett." Vorsichtshalber blieb ich in dieser Situation so lange am Telefon, bis Michael sicher im Bett lag und das Handy in Reichweite neben sich gelegt hatte. Zwischendurch rief er mich noch einmal an, es wäre etwas besser, aber er würde im Bett bleiben. In diesem Fall blieb ich auch so lange am Handy, bis der Gang zur Toilette erledigt war. Ich hatte oft die Horrorvorstellung im Kopf, dass er im Bad vielleicht fiel und sich den Kopf aufschlug, eventuell mit schlimmen Folgen.

Es lief alles bestens und alles war in Ordnung, als ich von der Arbeit kam. Michael kämpfte zwar mit Kopfschmerzen und großer Müdigkeit, aber er konnte essen und hörte ein bisschen Musik. Ich hatte dann wieder unsere Lebenssituation in meinen Gedanken und ich fand es einfach furchtbar schade, dass Michael etwa zwei Drittel seines Lebens verschlief. Vor seiner Krankheit unternahmen wir oft Radtouren durch in die Feldmark. Jetzt müsste er diese Touren allein machen, aber daran war im Moment gar nicht zu denken, allein in der Feldmark unterwegs, der nächste Mensch in weiter Entfernung – nein!

Am nächsten Morgen hatte ich dann wieder das Gefühl, diese Periode würde nicht ohne Klinikaufenthalt vorbei gehen. Schon morgens vor meinem Weg zur Arbeit hatte Michael mehrere kleine Anfälle. Etwas essen, Tablettengabe und Toilette erledigte er noch mit meiner Hilfe, dann legte er sich wieder ins Bett. Das Handy war inzwischen mit einem Notknopf ausgestattet, so dass bei Bedarf eine kurze Berührung ausreichte, um sofort eine Verbindung zu meinem Handy herzustellen. Um 12:00 Uhr rief er mich noch einmal an, um mir mitzuteilen, er hätte die ganze Zeit geschlafen, eventuell auch mit Anfällen. Bis zu meinem Feierabend würde er liegen bleiben und ich sollte dann mit ihm zur Neurologin gehen.

Ich teilte gleich Holger mit, dass wir mal wieder seine Hilfe brauchen würden und er sich vielleicht als Fahrer bereit halten könnte. Wenn der Weg zur Neurologin nicht machbar wäre, könnte er uns mit dem Auto hinfahren.

Nach der Arbeit stürmte ich gleich nach Hause. Michael hatte sich in der Zwischenzeit fertig angezogen. Er sah übernächtigt aus und war unrasiert. Die Runde durchs Bad und das Rasieren hatte er noch nicht geschafft. Ich hatte mich inzwischen daran gewöhnt, dass er auch mal mit einem Dreitagebart herumlief. Wenn es ihm gut ging, gab ihm das ein verwegenes Aussehen. Wenn er drei Tage krankheitshalber im Bett gelegen hatte, sah er einfach nur bemitleidenswert aus. Es war mir aber im Moment egal. Den Weg zur Ärztin mussten wir schaffen, das war wichtig.

Holger stand wie verabredet an unserem Auto bereit. Wir wollten den Weg zu Fuß versuchen, es dauerte lange, aber es ging ganz gut. Holger begleitete uns bis zur Ambulanz und ging dann zum Einkaufen. „Wenn ihr mich noch einmal braucht, ihr wisst, wo ich zu finden bin." Die Gewissheit, wir stehen mit unseren Problemen nicht allein da, das war in dieser Zeit so unheimlich wichtig für uns. Es war eine Zeit, in der Michael oft abwesend war und mein Kopf mit Ängsten gefüllt war. Da ist man für jede Hilfe unendlich dankbar.

Aber ich hatte auch immer die Gewissheit, dass wir alles gemeinsam stemmen konnten. Es gab ein Leben nach dieser schlimmen Zeit, da war ich mir ganz sicher. Es war nur noch nicht abzusehen, wann das sein würde.

Wir saßen im Wartezimmer, natürlich wieder ohne Termin, und hätten eigentlich lange warten müssen. Da es Michael aber immer schlechter ging, konnten wir das freie Sprechzimmer nutzen, in dem eine Liege stand. Michael schaffte es noch, sich hinzulegen, dann schüttelte ihn der nächste Anfall. Die Ärztin kam wenig später herein, um nach ihrem Patienten zu sehen und war nicht begeistert. „Ich rufe gleich die Klinik in W. an, ob ein Bett frei ist. Mit der medikamentösen Einstellung bin ich nicht so zufrieden. Es bringt uns nicht weiter, nur immer die Dosis zu erhöhen. Bei ihrem letzten Besuch war schon eine Überdosierung vorhanden. Ihr Mann ist ja teilweise gar nicht mehr richtig klar im Kopf." Damit sprach sie mir aus der Seele, aber es gab niemanden, der hierfür eine Lösung hatte.

Also wieder mal ins Krankenhaus, schon das zweite Mal in diesem Jahr. Es war doch erst

Ende Januar. Sollte das Jahr so weitergehen? Wann fand endlich jemand Hilfe für uns? Michael war dann vier Tage im Krankenhaus, aber ohne besonderes Ergebnis. Die Einstellung wurde leicht verändert, aber eine große Besserung gab es nicht. Wir lebten nur noch von einen Tag auf den anderen, das heißt, ich lebte fast allein, Michael schlief oder kränkelte vor sich hin.

Schon lange war zu Hause alle Arbeit nur für mich da, aber es blieb für mich einfach keine Zeit mehr. Michael brauchte seine Fürsorge und Anteilnahme und immer wieder Trost und Zuspruch. Meine Arbeit forderte mich ganz und mit vierzig Jahren insulinpflichtigem Diabetes auf dem Buckel war ich auch nicht gerade die Stärkste. Das interessierte nicht, es ging immer nur darum, dass es Michael gut ging. Ich tat den ganzen Tag immer nur das, was nötig war. Es gab nur Wichtiges, Michael, die Arbeit, der Haushalt, die Anfälle, immer wieder Klinik. Mir fiel gar nicht mehr auf, dass immer nur nach Michaels Gesundheit gefragt wurde, ich hatte mich inzwischen selbst vergessen, ich funktionierte nur noch.

Meine Eltern wiesen mich darauf hin, dass ich auch mal an mich denken sollte, sonst könnte da gewaltig was schief gehen. Damit hatten sie sicherlich recht, ich musste diese Hinweise trotzdem ignorieren. Ich konnte gar nicht anders, weil immer wieder andere wichtigere Dinge auf dem Plan standen und auch mein Tag nicht mehr als 24 Stunden hat. Meine Arbeit konnte ich nicht aufgeben, davon lebten wir. Und außerdem machte es mir auch großen Spaß und lenkte mich von den Sorgen ab. Den Haushalt konnte ich auch nicht ignorieren. Auch wenn nichts mehr perfekt sein konnte, einige Dinge mussten einfach sein. Ob irgendwo noch Staub herumlag, das konnte ich übersehen, ohne

Brille sah ich sowieso nicht mehr so gut. Aber essen musste sein und die Wäsche musste gewaschen werden, das lief alles nebenbei. Ich konnte mich auch nicht mehr erinnern, wann ich zum letzten Mal die Fenster geputzt hatte. Es musste etwa 100 Jahre her sein und es war mir egal.

Michael konnte ich schon gar nicht vergessen, er war der wichtigste Mensch in meinem Leben und wir konnten nur gemeinsam unsere Situation in den Griff bekommen. Und bei allen Abstrichen war ich von uns beiden immer noch der stärkere Teil, ich musste einfach weiter machen. Unter den Blinden ist der Einäugige der König.

Dann kam eine Zeit, die für mich ganz besonders schlimm war, aber ich entschuldigte bei dieser Krankheit alles mit den vielen Medikamenten. Meist war Michael irgendwie „zugedröhnt", ich konnte es nicht anders beschreiben. Sein Interesse an seiner Umwelt war nur zeitweise vorhanden. Bei den Anfallperioden verschlief er oft Tag und Nacht, nur zum Essen und für die Medikamente weckte ich ihn.

Bei Anfällen und zum Trost legte ich mich immer neben ihn und streichelte ihn, obwohl ich wusste, dass er nicht viel davon merkte. Plötzlich fiel mir auf, dass er sich von mir nicht mehr anfassen ließ. Das erschreckte und befremdete mich sehr. Welche schlimmen Überraschungen hatte diese Krankheit noch für uns in der Hinterhand? Körperlicher Kontakt gehört zu jeder Beziehung dazu und bei Krankheit hilft es ganz besonders, die Hand zu halten, den Rücken zu streicheln, den Hals zu küssen oder den geliebten Menschen ganz fest zu umarmen.

Das alles wollte Michael plötzlich nicht mehr. Wenn ich meine Hand auf seinen Rücken legte, zog er sich zurück. Wenn ich seine Stirn oder Wange küssen wollte, drehte er den Kopf weg. Ich fühlte mich missverstanden und weggeschubst und ich litt darunter. Ich hatte schon lange nicht mehr so viel geweint wie in dieser Zeit. Ich verstand das alles nicht, schob aber alle Störungen auf die Medikamente. Wenn Anfälle kamen, fühlte ich wieder dieses Gefühl der anderen Straßenseite, von einer Sekunde zur anderen war alles Gute aus unserer Welt verschwunden und das Böse griff nach unserer Seele. Aber ich hatte die Möglichkeit, Michael ganz fest in den Arm zu nehmen. Er konnte sich nicht wehren und ich genoss es, so seltsam sich das auch anhört. Für einen Unbeteiligten war sicherlich keine Logik dahinter, aber für mich waren das ganz normale menschliche Reaktionen.

Wir hatten den Januar überstanden, zweimal schlimme Zeiten mit Klinikaufenthalt und ich war auch mit dem Fahren lernen beschäftigt.

Alles ging mehr schlecht als recht und Anfang Februar hatten wir ein paar Tage Ruhe, leider nicht lange. Vormittags kam wieder dieses Unwohlsein, Übelkeit, Kribbeln im Bauch, der Anruf bei mir „ich lege mich ins Bett". Als ich nach Hause kam, klagte Michael über starke Schmerzen in der rechten Kopfhälfte, die immer schlimmer wurden. Das machte mir jetzt ganz besondere Sorgen, weil in einem Befundbericht bemerkt wurde, dass die CT-Aufnahmen vom Schädel auf der rechten Seite einen kleinen Schatten zeigten. Ich hatte Angst, rief den Notarzt an und schilderte das Problem. Er war mit der Krankengeschichte schon vertraut und veranlasste sofort die Einweisung in die Klinik in W.

Dort lag Michael einige Tage und kam mit einer veränderten Einstellung nach Hause. Eigentlich war die Dosis nur erhöht worden, was wir schon so oft hatten. Das hatte bisher nichts gebracht und wir stellten immer nur fest, dass Michael noch schläfriger wurde. Von den Ärzten wurde auch wieder die Diagnose Epilepsie in Frage gestellt. Es wäre gut, wenn ich mit meinem Handy einen Anfall filmen würde. Dann könnten sie eventuell mehr sagen. Ich habe es in der ganzen Zeit nicht einmal geschafft, einen Anfall zu filmen, da waren andere Dinge wichtiger. Uns blieb nur die Hoffnung auf den Termin in M. bei einem Epilepsie-Spezialisten, aber bis dahin waren es noch vier Wochen.

Im Februar an einem meiner freien Tage hatte sich Michaels Mutter mit Mann angekündigt. Da alle unsere Verwandten weit entfernt lebten, war ein Besuch etwas Besonderes. Wir mussten aber schon am Vortag feststellen, dass es Michael nicht gut ging. Diesmal ging es aber nicht so sehr um die Aufregung wegen des Besuches. Wir vermuteten eher, dass die Einstellung der

Medikamente nach dem letzten Klinikaufenthalt zu hoch war. Michael ging schwankend, er konnte nicht richtig zufassen und berichtete mir, er würde mich dreimal sehen. Mich gibt es plötzlich dreimal. Die Idee wäre vielleicht gar nicht so schlecht, ich könnte dann die Arbeit viel besser verteilen. Mein Gedanke brachte uns dazu, mal wieder herzhaft zu lachen. Dazu hatten wir in der letzten Zeit wenig Gelegenheit. Aber lustig war die ganze Situation nicht.

Wir machten uns schon früh am Morgen auf den Weg zur Neurologin. Besuch hin oder her, das war jetzt ganz wichtig. Michael stand neben sich, es ging ihm gar nicht gut und er musste versorgt werden, am folgenden Tag musste ich auch wieder zur Arbeit.

Die Neurologin reagierte sofort. „Es ist gut, dass sie gleich hergekommen sind, das ist eine eindeutige Überdosierung, alle neurologischen und Funktionstests laufen ins

Leere. Wir werden jetzt auch keine Einweisung nach W. vornehmen. Ich habe mit der Neurologie in B. telefoniert, da sind im Moment noch Betten frei. Sie werden dort schon erwartet. Da wir bisher noch keinen Schritt weiter gekommen sind, ist eine andere Meinung zu Ihrer Problematik dringend nötig."

Während Michael sich noch auf der Pritsche erholte, rief ich bei meiner Schwiegermutter an. Wenn sie schon mal auf dem Weg zu uns sind, könnten sie uns vielleicht nach B. fahren. Ich erreichte sie nicht, aber das könnten wir später noch einmal versuchen. Wir gingen ganz langsam nach Hause und ich packte Michaels Tasche – schon wieder! Zu Weihnachten hatte ich ihm einen tragbaren DVD-Player geschenkt, der für Krankenhausaufenthalte gedacht war. Es war aber nicht so geplant, dass er jetzt ständig gebraucht werden sollte. Es war noch nicht mal Mitte Februar und die Klinik war schon zum dritten Mal nötig.

Michael ging es immer schlechter, im Auto saßen wir hinten und ich musste ihn festhalten, sonst wäre er umgefallen. Es wäre sicher besser gewesen, wenn er heute Morgen die Tabletten nicht mehr genommen hätte. Aber wir waren informiert, dass wir das auf gar keinen Fall versäumen dürfen.

Ich hatte mal wieder so einen freien Tag, wie man ihn sich nicht wünscht. Aber es ging darum, dass Michael optimal versorgt war und er in guten Händen war. Wir brachten trotz Ankündigung lange Zeit in der Notaufnahme zu. Das Bild, was sich mir immer wieder bot, war erschreckend. Michael lag im Gitterbett, um nicht herauszufallen und er wirkte wie im Drogenrausch. Ich stand neben ihm, hielt seine Hand und wartete ab. Dann kam die Schwester herein, bei der wir einen ganz schlechten Tag erwischt hatten. Sie fragte mich, ob ich die Mutter des Patienten wäre und wies mich sehr unfreundlich darauf hin, dass ich ihr nicht im Weg stehen soll. Ich spürte wieder, wie die Tränen kullerten, aber es machte mir nichts aus, das spielte alles keine Rolle mehr.

Man sollte eigentlich jeden Menschen mit Freundlichkeit und Respekt behandeln. Angehörige, die ihre Lieben in die Klinik bringen müssen und gerade Kummer und Sorgen durchleben, sollten da keine Ausnahme bilden. Ich wusste, dass ich durch meine Ängste nicht gerade über eine schillernde Optik verfügte oder jünger wirkte. Als Mutter von Michael müsste ich aber die Siebzig lange überschritten haben und wer das glaubte, müsste wirklich seine Sehkraft überprüfen lassen. Meine Seele hatte wieder mit mehreren Messerstichen zu kämpfen. Und es war kein Ende abzusehen.

Der Abschied war wieder schlimm und nachdem wir zu Hause gelandet waren, war ich allein in der leeren Wohnung, denn der Besuch fuhr gleich nach Hause. Jetzt brauchte ich meine Droge, die Musik. Den Ton stellte ich ziemlich laut und dann rief ich Holger an. „Du brauchst nicht viel zu sagen, du hörst dich nicht gut an, brauchst du mich als Fahrer?" Nein, nicht nur das, ich brauchte auch jemanden zum reden und wir verabredeten uns zum Einkaufen. Dabei konnte ich gleich organisieren, dass wir auch mal zum Besuch nach B. fuhren. Und ich wusste, Holger würde sich die Zeit nehmen.

Wie vermutet war die Dosierung der Medikamente viel zu hoch. Zunächst wurde die ganze Tablettengabe heruntergefahren, dann wurde Michael mit neuen Medikamenten und neuer Dosierung eingestellt. Nach drei Tagen Wohlbefinden unter Klinikbedingungen kam die Entlassung nach Hause. Es waren zehn Tage vergangen, etwas länger als sonst, aber vielleicht war ja jetzt die richtige Einstellung gefunden worden. Es schien immer so, als wenn nur ausprobiert und getestet würde, solange bis die Anfälle ausblieben. So war es auch, Epilepsie ist kein Beinbruch, bei dem man auf dem Röntgenbild die Schwachstelle erkennen kann.

Michaels Mutter hatte zum ersten Mal Anfälle erlebt und war entsetzt, konnte eine Woche nicht schlafen. Für mich waren diese Ereignisse an der Tagesordnung, immer wieder und immer wieder und immer vollkommen ungeplant. Und bei jedem neuen Anfall war ich wieder von Neuem entsetzt und besorgt und ich konnte dagegen nichts machen. Auch ich schlief keine Nacht mehr als vier bis fünf Stunden und ich musste trotzdem alles Wichtige am Tage mit Freude und Freundlichkeit schaffen.

Dann kam endlich die Untersuchung in M. Alle Hoffnungen hatten wir auf diese Untersuchung gelegt und wir dachten natürlich, dass jetzt der Moment kam, der alle unsere Fragen beantwortete und unsere Sorgen beendete. Trotz allem waren wir immer noch Optimisten, anders ging es nicht. Holger freute sich, uns fahren zu dürfen. Sein Auto war inzwischen leider nicht mehr fahrtüchtig. Wir fuhren mit unserem Auto und er hatte die Möglichkeit, seine Oma zu besuchen. Die Untersuchung würde sowieso einige Zeit in Anspruch nehmen.

Der Arzt nahm sich wirklich sehr viel Zeit. Er hatte viele Fragen und ordnete viele Untersuchungen an, um sich ein Bild zu machen. Die Dosierung wurde noch einmal geändert, die Dosis am Tag wurde etwas reduziert, in der Nacht etwas erhöht und für die Entspannung direkt bei einem Anfall gab es noch ein anderes Medikament. Eine

Tablette, die sich direkt im Mund auflöste und sofort wirkte. Mit dieser Einstellung sollte nach Meinung des Arztes ein Anfall unmöglich sein.

Danach hatte Michael im Abstand von vier Tagen wieder mehrmals mit Unwohlsein, Übelkeit und großer Müdigkeit zu kämpfen, Anfälle kamen dabei nicht. Zwei Wochen nach dem letzten Klinikaufenthalt kam es zu einem Anfall, bei dem ich zu Hause war und sofort das neue Medikament ausprobierte. Michael ging es sofort besser und wir waren begeistert. Er trank danach viel und schlief lange, aber wir beschlossen, diese „Notfalltablette" in Zukunft immer in der Tasche zu haben.

Schon am nächsten Tag kam wieder ein Anruf „Ich sitze am Markt auf der Bank und habe eine Unterzuckerung. Ich werde jetzt etwas Süßes essen und melde mich gleich wieder bei dir". Mein Handy hatte ich ständig in der

Tasche und ich hatte auch die Vorstellung, dass auf dem Markt zwischen vielen Menschen nicht die Gefahr bestünde, dass er hilflos ist. Michael meldete sich nach ein paar Minuten wieder, es ging ihm gar nicht gut und ich blieb am Telefon, bis er in der Wohnung war und im Bett lag. Anders hatte ich sowieso keine Ruhe.

Nach knapp zwei Stunden klingelte mein Handy wieder, Michael hatte den Notknopf bedient. Er sprach nicht mit mir, es waren nur Geräusche eines Anfalles zu hören. Es war zum Glück nicht mehr lange bis zum Feierabend, ich schloss pünktlich ab und rannte nach Hause. Ängstlich wollte ich ins Schlafzimmer schauen, aber Michael lag im Wohnzimmer auf dem Teppich. Er war bei einem Anfall vom Sessel gerutscht und war nun nicht fähig, sich selbst zu helfen. Ich musste daran denken, wie er sich fühlte und was ihm durch den Kopf ging, wenn er merkte, dass sich ein Anfall anbahnte und er allein in der Wohnung war. Und wie waren seine Gedanken, wenn er den Notknopf drückte und auf meine Hilfe hoffte.

Jetzt war ich bei ihm, aber davon merkte er nichts. Zunächst schob ich ihm die gute Superpille zwischen die Lippen. Damit hoffte ich auf das Wunder von gestern, aber nichts geschah. Michael krampfte weiter und ich konnte seinen Körper nicht zurück auf den Sessel bringen. Dafür war er zu schwer und ich nicht kräftig genug. Ich musste abwarten, bis er wieder bei Bewusstsein war. Der Anfall dauerte fünfzehn Minuten. Wir hatten von der Neurologin die Information, bei Anfällen über zwanzig Minuten den Notarzt zu rufen. Schon der Gedanke an Rettungswagen, Notarzt, Sanitäter und Tasche packen schnürte mir die Kehle zu. Das wollte ich nicht, jetzt war ich bei ihm und wollte noch abwarten, obwohl ich keine Hoffnung auf Besserung hatte.

Er war wieder klar, konnte aber nicht sprechen. Mit viel Mühe schaffte ich es, ihn ins Bett zu bringen. Dort war Michael am sichersten und ich brauchte keine Angst zu haben. Ich ließ Haushalt Haushalt sein, legte mich neben ihn, hielt seine Hand und sprach mit ihm, obwohl er in einer anderen Welt war und mich gar nicht bemerkte. In der Zeit rutschte er von einem Anfall in den nächsten, zwischendurch öffnete er die Augen und schaute suchend an die Decke. Dann fiel er wieder in seine bunte Welt.

Nach über einer Stunde wachte er auf und versuchte zu sprechen. Er wollte mir etwas sagen, aber es blieb bei einem Versuch, sprechen konnte er nicht. Ich brachte ihm einen Stift und unseren Notizblock für diese Notfälle und er schrieb mir auf „Notarzt". Ich nickte und die Tränen kullerten mir über die

Wangen. Ein paar Minuten hielt ich noch seine Hände fest, dann ging ich ins Wohnzimmer und rief den Notarzt. „Wir sind in zehn Minuten bei Ihnen." Ganz laut wollte ich schreien „ich will das alles nicht mehr". Ich sagte nur Danke und packte heulend die Tasche – wie immer.

Als der Notarzt mit seinen vielen Helfern da war und in unserem schmalen Schlafzimmer wieder das Chaos herrschte, klingelte es an der Tür. Unsere Nachbarin beschwerte sich, dass der Weg von Rettungsfahrzeugen versperrt ist und sie müsste dringend mit dem Auto weg. Der Doktor sagte daraufhin „Es gibt im Moment nichts Wichtigeres als unsere Arbeit und wir sind in fünf Minuten fertig." Ich war froh, dass ich keine Antwort mehr geben musste. Ich war mir nicht ganz sicher, ob ich das noch im freundlichen Tonfall geschafft hätte.

Nach sechs Tagen verließ Michael die Klinik in B. Die Krankenkasse übernahm in diesen Fällen die Taxikosten und er ließ sich zu meiner Arbeit fahren. Ich war so froh, ihn wieder bei mir zu haben. Es war kurz vor Feierabend und wir gingen gemeinsam nach Hause. Dass ich die schwere Tasche tragen musste, störte mich gar nicht, im Moment hatte ich meinen Mann wieder zu Hause. Für wie lange? Das wussten wir nie.

Leider gingen zu Hause die Störungen sofort weiter. Übelkeit, Erbrechen, ständiges Schlafen, zum Glück keine Anfälle. Es war kein Ende abzusehen und niemand wusste Rat. Wir meldeten uns sofort wieder bei der Neurologin. „Sie sind jetzt medikamentös völlig umgestellt worden, das braucht Zeit, bis sich der Körper daran gewöhnt hat. Im Moment sind keine Anfälle, darüber müssen wir schon sehr froh sein. Wir werden jetzt einfach abwarten."

Fast zwei Wochen konnten wir mit der Situation leben. Es war nicht das, was man sich unter einem glücklichen Leben vorstellte. Wieder hatte ich das Gefühl, ich würde allein leben. Ich arbeitete und kümmerte mich um alles. Michael verschlief zwei Drittel des Tages und in den restlichen Stunden hatte er zwar keine Anfälle, aber von gesund konnte keine Rede sein. Ab und zu schafften wir es, gemeinsam eine kleine Runde durch die Stadt zu gehen. Das war für mich die Vorstellung von einem Rentnerehepaar jenseits der Achtzig, aber nicht für uns.

Zwischendurch war es an der Zeit, sich auch mal mit positiven Dingen zu beschäftigen. Seit langem erzählte Michael, dass er sich gerne ein Tattoo stechen lassen würde. Es war bisher immer nur ein Spaß „Ich lasse mir einen Anker auf den Arm stechen oder eine Spinne aufs Hinterteil." Ich hielt es mehr für einen Witz. Aber es kam immer öfter zur

Sprache und dann kam er mit der Aussage „Im März habe ich einen Termin im Tattoostudio. Ich sage aber vorher nicht, was es wird."

Gut, dann sollte es so sein, ich war einverstanden und ich war auch gar nicht neugierig, welcher gestochene Drachenkopf in Zukunft neben mir liegen würde. Ich vertraute Michael voll, dass er das Richtige aussuchen würde. Was ich nie akzeptieren würde, wäre eine Schlange und das wusste Michael genau. Kurz vor dem Termin sprachen wir dann davon, dass ich die Schmerzensschreie wohl bis zu meiner Arbeitsstelle hören würde. „Ich werde nicht schreien und ich melde mich danach auch gleich bei dir und zeige dir meinen Körper."

Ich kann nicht sagen, dass mir das Tattoo auf Anhieb gefiel. Aber die Symbolik war genau das, was wir im Moment brauchten. Es stellte zwei sich kreuzende Schlüssel dar, mit zwei kleinen Herzen verbunden. Das gefiel mir sehr gut. Ich suchte inzwischen für mich auch ein Tattoo aus, im Internet konnte man sehr viele Beispiele finden. Ich wollte ein Bild auf dem linken Unterarm und ich wollte eine Aussage, zu der ich auch in dreißig Jahren noch stehen würde. Und die Optik sollte natürlich auch stimmen. Immer wieder fand ich das Wort Liebe in sehr schönen Schriftarten. Ich sah aber keinen Sinn darin, sich die Liebe auf die Haut tätowieren zu lassen. Die trug man im Herzen und die letzten Monate hatten uns gezeigt, dass wir daran nicht zweifeln brauchten. Dann gefiel mir am besten die „Hoffnung", die nicht nur im Moment ganz wichtig war, sondern in jeder Lebenslage hilfreich ist. Es war in dieser Zeit das Gefühl, was mich immer wieder motivierte und mir die Zeit leichter machte.

Bei Tattoos ganz groß in Mode waren chinesische Schriftzeichen. Ich sah mir auch davon Abbildungen an. Optisch war das ganz toll, es waren Meisterwerke und es gab keine langen Worte, ein Zeichen genügte. Ich entschied mich dann aber doch für einen Schriftzug. Ich war nicht der Mensch, der alles nur noch englisch ausdrücken wollte, aber das Wort Hoffnung passt nicht an meinen schmalen Unterarm. Ich suchte also in etwas geschnörkelter und doch lesbarer Schrift das Wort Hope für mein Tattoo aus. Als Anfang Juni dieses Tattoo meinen Arm schmückte, wusste ich, es ist nicht nur die Optik oder die Symbolik. Es ist genau das Gefühl, was mich zurzeit täglich begleitet und weiter machen lässt.

Inzwischen war über ein Jahr vergangen, in dem unser Leben nicht mehr so war wie vorher und ich musste immer wieder feststellen, dass ich eine Glucke war. Ich wusste immer, dass es mir nur gut gehen kann, wenn es meinen Lieben gut geht. Und dann kamen bei Holger Depressionen, die sich schleichend ankündigten. Wenn man fast täglich miteinander zu tun hat, kann man ganz leicht Veränderungen feststellen und ich machte mir Sorgen. Bei allen Entscheidungen, die wir treffen, gibt es eigentlich nur eines, was wichtig ist – der Mensch. Es gibt nichts, was wir im Leben wirklich tun müssen außer füreinander da zu sein.

In meinem Leben finden sich leider außerhalb der Familie keine weiteren Menschen, die Zeit mit mir verbringen möchten. Ich weiß, dass ich ein guter Mensch bin und gewiss ein guter Freund sein kann. Ich hätte viel Gutes zu geben, aber es findet sich niemand, der darauf Wert legt. In den letzten Jahren war Holger der einzige. Ich konnte mich besonders in den letzten schlimmen Monaten immer auf Holger verlassen, immer und immer wieder. Es war für mich

überhaupt keine Frage, dass ich ihm auch helfen würde. Aber welchen Weg sollte ich hier einschlagen? Ich war immer zum Reden bereit, ich selbst brauchte ja auch sehr oft jemanden zum reden und zuhören.
Manchmal möchte man auch einfach nur umarmt werden und spüren, da ist jemand, der dich versteht. Und ich verstand ihn sehr gut. Er war noch jung und es ging in seinem Leben nicht so richtig vorwärts. Wie jeder andere Mensch hatte er Träume, Ziele, Wünsche und natürlich Pläne, nur die Erfolgserlebnisse fehlten.

Aus unseren vielen Gesprächen wusste ich, dass in seinem Leben sehr viel nicht in den gewünschten Bahnen gelaufen war. Seit ein paar Jahren war er dabei, sich ein ganz neues Leben aufzubauen und stieß dabei sehr oft an Grenzen und Widerstände und es fehlte an Unterstützung. Manchmal stand er sich auch selbst im Weg, aber wir alle bekamen unser Leben ohne Gebrauchsanweisung.

Ich erlebte immer wieder, dass er strahlend und mit frechen Sprüchen durch die Welt zog und dann am nächsten Tag wieder so niedergeschlagen und hilflos wirkte, dass die grauen Wolken um seine Stirn sichtbar wurden. Das tat mir sehr leid und das tat weh, ich hatte einen guten Freund gefunden und wollte natürlich, dass es auch ihm gut ging.
Es war für mich beruhigend, als er sich für kleine und große Probleme professionelle Hilfe suchte und fand.

Wenn bei uns alles drunter und drüber ging und mein Kopf voller Angst und Sorgen um Michael war, war Freund Holger dran. Und das natürlich besonders in den Zeiten, in denen ich selbst an meine Grenzen stieß und Schwächen zeigte. Manchmal fühlte ich mich, als würde ich in einem Hamsterrad sitzen und nie wieder den Ausgang finden. Zu anderen Zeiten sah ich immer den gleichen Film vor meinem inneren Auge ablaufen. Und es war kein schöner Film, den mir mein Kopfkino zeigte.

Auch mal schwach zu sein war etwas, was ich mir einfach selbst erlaubte. Schwäche war eigentlich kein Wunder bei dem straffen Programm, das mir das Leben bot. Alle Gedanken, die sich in meinem Kopf sammelten, mussten irgendwann auch mal raus. Und da hatte sich so fruchtbar viel gesammelt, was von mir nie verarbeitet wurde. Und unsere Lebensumstände waren nicht in der Lage, mir da irgendwie weiter zu helfen. Ich war also immer froh, jemanden zum reden zu haben.

Auch die Gespräche, die ich immer wieder mit meinen Eltern führte, halfen mir in der Zeit sehr, auch die räumliche Trennung störte hierbei nicht. Das Band zwischen Eltern und

Kindern ist zwar unsichtbar, aber sehr stark. Wenn ich mit unserer Tochter telefonierte und es Papa gerade wieder nicht gut ging, weinten wir gemeinsam. Diese Stützen der Familie halfen mir immer wieder auf die Beine, wenn ich traurig und besorgt war.

Zwischenzeitlich ging es auch meinem Vater nicht gut, er musste sogar ins Krankenhaus, obwohl er in seinem Leben selten einen Arzt gebraucht hatte. Ich dachte oft daran, dass er jetzt die großen Sorgen mit den großen Kindern hatte, die ja bekanntlich schlimmer sind als die aufgeschlagenen Knie oder der kaputte Ball bei den kleinen Kindern. Auch meine Mutter hatte gesundheitliche Probleme, gewiss nicht zuletzt durch die Tatsache, dass sie genau wie ich eine Glucke war. Aber meine Eltern nahmen das Leben so wie es kam und machten das Beste daraus.

Mit Michaels Gesundheit ging es etwas besser. Er hatte zwar immer noch mit

Unwohlsein und einem extrem hohen Schlafbedürfnis zu tun, aber es waren schon fast vier Wochen keine Anfälle, worüber wir sehr froh waren. Die Umstellung auf andere Medikamente schien zu wirken und eine kleine Erleichterung zu bringen, aber wir stellten dann ganz andere Störungen fest. Michael bekam von heute auf morgen am ganzen Körper Ausschlag. Die Beine, der Bauch und die Ohrläppchen waren von dicken roten Pusteln übersät, die einen starken Juckreiz auslösten. Das beobachteten wir nur zwei Tage und wir vermuteten sofort die neuen Tabletten als Auslöser, also suchten wir gleich am nächsten Tag die Neurologin auf.

Sie vermutete genau wie wir, dass die neuen Medikamente der Grund dafür waren und wies Michael wieder in die Klinik nach B. ein. „Ohne weiteres kann ich die Tabletten nicht absetzen, das kann nur stationär gemacht werden. Ich wünsche für Sie, dass man ein Medikament findet, das Ihnen hilft und das Sie auch vertragen."

Nachdem Michael wieder eine Woche in der Klinik verbracht hatte, gingen die Hautprobleme sofort zurück. Die neuen Medikamente vertrug er gut und es waren auch keine neuen Anfälle, was allerdings weiterhin blieb waren das ständige Unwohlsein und das große Schlafbedürfnis. Alles, was wir noch an Fragen auf dem Herzen hatten, sollten wir mit dem Spezialisten klären.

Ende Juni hatten wir noch einmal einen Termin bei dieser Sprechstunde in M. Holger fuhr uns wieder dorthin, ich war ja mit meinem Führerschein noch nicht fertig und Michael durfte nicht fahren. Es dauerte wieder sehr lange bei dem Spezialisten, aber es gab neue Erkenntnisse und damit hatten wir wieder neue Hoffnung. Es gab eine

Möglichkeit, unter klinischen Bedingungen Anfälle zu provozieren und dabei zu untersuchen, in welchem Teil des Hirns die Anfälle ihren Ursprung hatten. Natürlich war das bei einem akuten Anfall nicht möglich, denn es war nicht vorherzusehen, wann es zu einem Anfallgeschehen kam. Leider war es wie bei allen Spezialuntersuchungen so, dass Michael erst im September einen Termin bekam. Wir waren trotzdem sofort dazu bereit und freuten uns, dass wir hier eventuell die Lösung finden konnten.

Der Juli begann wieder mit mehreren leichten Anfällen und Michael ging es an mehreren Tagen nicht gut. Wir blickten aber jetzt mit so viel Hoffnung in die Zukunft, weil wir uns von der bevorstehenden Untersuchung sehr viel versprachen. Zu sehen, wo das Anfallgeschehen begann, war für uns gleichbedeutend mit dem Finden der Ursache. Und genau das brachte uns viel

Hoffnung. Ist das Übel erst einmal erkannt, wird es dafür auch eine Lösung geben, die Medizin macht heutzutage schon so viel möglich.

Dann kam an einem Dienstag Mitte Juli der Anruf von der Klinik in M., es hätte ein Patient abgesagt und es wäre schon am Donnerstag ein Bett für die geplante Untersuchung frei. Michael sagte sofort zu. Es war für uns etwas überstürzt, aber alle anderen Klinikaufenthalte passierten auch ungeplant und Hals über Kopf. Jetzt ging es darum, eine Lösung zu finden und dazu waren wir bereit.

Michael nahm also noch einmal den Weg in die Klinik auf sich und ich konnte ihn gleich zwei Tage später besuchen. Ich hatte zum Glück einen freien Tag und Holger war auch sofort bereit, mich zu fahren. Die Eindrücke bei diesem Besuch waren für mich entsetzlich, aber ich rief mir immer wieder die guten Gedanken ins Gedächtnis. Michael war am ganzen Kopf verkabelt und lag im Gitterbett. Neben ihm lag ein junger Mann, der gar nicht wusste, dass er auf der Welt war und was er hier sollte. Er brabbelte die ganze Zeit Unverständliches und kicherte vor sich hin. Im Flur war ein Mann an einem Stuhl festgeschnallt, um nicht umzufallen. Er hatte einen Teller mit Essen vor sich und wartete auf die Schwester, die ihn füttern sollte, da er allein nicht zum Essen in der Lage war. Ob das Essen noch warm war, wenn die Schwester endlich die Zeit zum Füttern fand?

Wir waren auf einer neurologischen Station, da sind solche Bilder an der Tagesordnung und bei allem, was ich sah, war ich wieder froh, dass es Michael dagegen doch sehr gut ging. Ich konnte mich mit ihm unterhalten und wir hatten die Hoffnung, dass es in unserem Leben bald wieder sehr viel Sonnenschein geben würde. In zwei Tagen sollte der Countdown starten. Zuerst das Absetzen der Tabletten und dann sollten die Monitore beobachtet werden. Wir hatten dabei ein unheimlich gutes Gefühl und das ist für die Genesung immer sehr wichtig.

Als ich drei Tage später von der Arbeit nach Hause kam, war die Tür nicht verschlossen und Michaels große Tasche stand im Flur. Ich war erfreut und überrascht zugleich und fand Michael in der Küche. Er berichtete kurz „Ich habe keine Epilepsie, die Störungen haben psychische Ursachen, ich nehme auch seit drei Tagen keine Medikamente mehr. Und nun müssen wir einfach abwarten."
Aus dem, was Michael erzählte, wurde ich nicht ganz schlau. Die Entlassung fand Hals über Kopf statt und die Ärzte wollten ihm keine Transportbescheinigung ausstellen, da er ja jetzt „gesund" war. Wenn man ein paar Tage im Bett gelegen hat, ist es etwas schwierig, mit einer schweren Tasche mit

dem Zug zu fahren. Er hatte seine Schwester angerufen, die ihn dann nach Hause brachte.

Das musste ich erst einmal verdauen. Ich war so froh und trotzdem war das alles für mich so unverständlich. Und irgendwie war doch alles so furchtbar logisch. Wir hatten ja immer die Ahnung, dass diese ganze Geschichte mit seiner Arbeit zu tun hatte. Mit den Aufzeichnungen im Anfall-Tagebuch konnte ich hierfür sogar den Nachweis erbringen. Und die Ärzte hatten auch schon an der Diagnose Epilepsie gezweifelt.

Die gesundheitliche Situation stellte sich jetzt so dar, dass Michael wohl in der Lage war, bei seelischen Erschütterungen oder Situationen, mit denen er nicht umgehen konnte, einfach sein Hirn abzuschalten. Es verzog sich sozusagen aus dem negativen Bereich und legte sich einfach schlafen. Er ließ sich dann von Nichts und Niemandem stören, unter einer Schutzschicht war er abgetaucht. Heutzutage würde man einfach sagen: Sein Hirn hatte eine Schutz-App. Das war gut für ihn, aber schlecht für sein Umfeld.

Bei dem Gespräch mit der Neurologin und auch bei dem Gespräch mit Michaels Arbeitgeber erwiesen sich alle Ahnungen als völlig richtig. Bei beiden Gesprächen ging es Michael nicht gut, ihm zitterten die Beine und ich begleitete ihn. Die Neurologin war bereit, Michael so lange arbeitsunfähig zu schreiben, bis die Antwort auf seinen Rentenantrag da war. Das fand bei seiner Chefin keinen Wohlgefallen. „Wie lange soll denn das noch gehen? Ich würde gern für Sie jemand anderes einstellen." Ihr Wunsch würde sicher bald in Erfüllung gehen, da ich mir nicht vorstellen konnte, dass Michael dort noch einmal arbeiten würde. Wenn wir einen positiven Bescheid auf den

Rentenantrag erhielten, würde sofort die Kündigung folgen.

Für mich stand wieder eine praktische Fahrprüfung auf dem Kalender. Ich hatte bei der letzten Fahrprüfung niemandem Bescheid gegeben, dass es jetzt ernst wurde. Ich wollte alle überraschen. Aber aus dieser Überraschung wurde nur eine Enttäuschung. Die Nerven versagten mal wieder und ich war nicht glücklich darüber. Es ist keine Blamage, bei einer Prüfung durchzufallen. Wenn man bei mir noch alle Begleitumstände beachtet, gäbe es noch weniger Grund, sich zu schämen. Aber eine Prüfung ist auch eine Frage der Finanzen und es ist nicht nötig, öfter durchzufallen.

Jeder wusste, dass ich irgendwann wieder eine praktische Prüfung vor mir hatte. Wir sprachen oft davon, auch wenn ich kein Datum nannte. Holger erzählte, dass man auch seine Gedanken manipulieren kann, indem man Atemübungen macht. Ich hatte mir Informationen aus dem Internet gesucht. Yoga, meditieren, Atemübungen. Ich probierte alles. Und da ich festgestellt hatte, dass mein Fahrlehrer auch oft genervt wirkte, hatten wir noch eine andere Methode. Michael durfte wieder Auto fahren, noch nicht unbedingt sehr lange Strecken, aber kleine Touren unternahmen wir schon ab und zu. Jetzt holte er mich öfter mit dem Auto von der Arbeit ab, wir fuhren ins Gewerbegebiet oder in die Feldmark und ich durfte üben. Ich hatte ein ruhigeres Gefühl, wenn ich fuhr. Michael schimpfte nicht und so hatte ich langsam wieder Freude am Fahren und war nicht so verkrampft.

Als dann der Prüfungstermin da war und ich auf dem Platz wartete, fühlte ich wieder dieses unangenehme Gefühl. Ich wollte nicht, dass die Nervosität mich gefangen nahm, wenn ich ins Auto stieg. Ich drehte dem Platz den Rücken zu und fing mit den Atemübungen an. Ein ruhiges Gefühl ging durch meinen Körper. Ich hatte noch etwas Zeit und dachte an meinen Blutzucker. Vorsichtshalber nahm ich noch einen Schokoriegel, einen Abbruch der Prüfung durch Unterzuckerung wollte ich nicht riskieren. Als dann das Fahrschulauto um die Ecke bog, fühlte ich mich gut und ich hatte die Hoffnung, dass es so blieb.

Nach den Formalitäten ging die Fahrt los. Ich hatte eine Uhr vor mir, ich hatte die Worte des Fahrprüfers hinter mir und auch seine Blicke. Ich hatte einen sichtlich nervösen Fahrlehrer neben mir, so war er bei jedem Prüfling. Für mich war es inzwischen die dritte Prüfung und er war der Meinung, wenn ich meine Nerven im Griff hätte, wäre ich mit dem Führerschein längst durch. Nervlich war ich gerade gut unterwegs. Was sollte jetzt noch schief gehen? Ich fuhr los und richtete mich nach allen Angaben, die ich von hinten erhielt. Es machte Spaß, ich fühlte mich gut und ich war gut, das redete ich mir selbst ein. In der Stadt gab es einige Pausen, wir waren schließlich nicht allein unterwegs. Ein LKW blockierte etwas ungünstig die Straße, so dass Nachfolgende Schwierigkeiten hatten. Auch das schaffte ich perfekt.

Dann fuhren wir ins Gewerbegebiet, wo ich auf Nebenstrecken das Wenden, Umkehren, die Gefahrbremsung und das Einparken zeigen sollte. Ich war erstaunt, dass mich nichts aus der Ruhe brachte. Wir kamen in die Nähe des Platzes, auf dem die Fahrprüfungen ihren Anfang und ihr Ende hatten. Ich schaute auf die Uhr und dachte daran, dass eigentlich noch das Element „Autobahn" fehlte. Das würden wir jetzt nicht mehr schaffen. Und dann erreichten wir schon das Ziel. „Halten Sie bitte an!" Mein

Fahrlehrer strahlte und ich dachte, jetzt hast du es wirklich geschafft – unmöglich.

Ich wollte aussteigen. „Einen Moment, bleiben Sie noch sitzen. Wie jeder Fahranfänger müssen Sie noch viel üben, ich kann Ihnen aber mit gutem Gewissen den Führerschein aushändigen." Dann sah ich, dass Michael genau in dem Moment mit dem Fahrrad um die Ecke kam und ich freute mich so sehr. Ich stieg aus, mein Fahrlehrer umarmte mich, dann hing ich sofort an Michaels Hals und ich hätte vor Freude heulen können. So viele Gedanken gingen mir durch den Kopf, wobei es nicht nur um den Führerschein ging. Wir waren wirklich auf dem besten Weg, unser Leben wieder in normale Richtungen zu lenken. Ich schwebte im siebenten Himmel, aber der nächste Prüfling wartete schon, also verabschiedeten wir uns und schlugen den Weg nach Hause ein.

Ein breites Grinsen begleitete uns beide. Ich schrieb an meine Eltern, unsere Tochter und an Holger eine SMS und dann musste ich mich erst einmal beruhigen. Ich hatte frei und ich wollte gleich mit den Übungsstunden beginnen. Wir wollten gemeinsam nach L. fahren. Michael fuhr den Weg dorthin und ich übernahm die Rückfahrt. Als er auf dem kleinen Parkplatz anhielt, nahm ich den Autoschlüssel und setzte mich ans Steuer. „Was willst du jetzt machen? Wir wollen doch noch nicht zurück fahren?" „Nein, ich möchte das Auto gern rückwärts einparken, dann habe ich es nachher leichter."
Bei der Rückfahrt, meiner ersten „offiziellen" selbständigen Tour mit unserem Auto kamen wir an der Autobahnauffahrt vorbei und ich wollte auch das kleine Stückchen Autobahn noch mitnehmen.

Wir wollten jetzt Krankheiten und Anfälle aus unseren Gedanken streichen. Diese

Geschichte war vorbei und wir wollten sie auch aus unseren Köpfen löschen. Aber so einfach war das nicht. Ich erwischte mich immer noch beim Kontrollblick auf mein Handy, wenn ich bei der Arbeit war. Wir hatten auch verabredet, dass sich Michael trotzdem ab und zu melden sollte. Nicht aus Gewohnheit, sondern für meine Sicherheit und natürlich auch einfach mal so.

Es gab auch immer wieder Gespräche darüber, dass wir das normale Leben wieder annehmen müssen. Wir wollten wieder Ziele haben, Unternehmungen planen, am Leben teilnehmen. Erst jetzt fiel mir so richtig auf, dass Michael in den letzten Monaten wirklich im Medikamentenrausch gelebt hatte. Er wurde jetzt von Tag zu Tag wacher und lebendiger. Ich versuchte ihm klarzumachen, dass es auch für mich eine ganz schlimme Zeit war und meine Gesundheit sehr darunter gelitten hatte. Wir sprachen auch davon, dass ich insgesamt mehr Unterstützung brauche, wenn es ihm gut geht. Und es wäre auch nötig, dass ich öfter mal an mich denke und mir etwas Gutes gönne.

Die Realisierung machte aber für uns beide etwas Schwierigkeiten. Michael war in seinem Leben verwöhnt worden und niemand schafft es, sich von heute auf morgen umzustellen. Und ich hatte auch bisher immer nur das Gute für die anderen im Sinn. Ich wusste, dass die ganze Zeit nicht gut für meine Gesundheit war, ich konnte meine Laborergebnisse gut einschätzen. Ich war aber im Moment erst einmal sehr froh, dass Michael gesund war. Alles andere konnte warten. Konnte es das wirklich?

Es dauerte dann auch nicht mehr lange, bis wir die Antwort vom Rententräger erhielten. Wir bekamen die Nachricht, dass für Michael befristet eine kleine Rente genehmigt wurde. Wir schrieben sofort eine Kündigung für seine Nebenbeschäftigung und wollten sie an seine Chefin übergeben. Aber wieder versagten bei Michael die Nerven. Er war nicht fähig, den Weg zu seiner Arbeit zu gehen. Das war mir jetzt alles völlig egal. Ich nahm die Kündigung und ging selbst, um dieses wichtige Schreiben auszuhändigen. Auch ich hatte ein flaues Gefühl, weil ich von seiner Chefin noch nie freundlich behandelt wurde, aber es ging jetzt um den Abschluss eines negativen Kapitels und ich wollte dieses Häkchen machen. Als sie hörte, worum es ging und dann die Kündigung in der Hand hielt, lächelte sie plötzlich. Das hatte ich bei ihr noch nie gesehen, aber für mich war die Sache damit dann auch erledigt.

Jetzt konnten wir mit unserem Leben wieder etwas anfangen. Für einen kurzen Zeitraum war eine finanzielle Absicherung vorhanden, Michael ging es von Tag zu Tag besser und ich hatte meinen Führerschein in der Tasche.

Nach ein paar Wochen ohne Rückfall sollte Michael auch wieder längere Strecken mit dem Auto fahren dürfen. Es war also alles perfekt und wir wollten diese positive Entwicklung im Kreise unserer Lieben beim Griechen feiern. Anfang November luden wir unser Kind mit Freund ein und Holger sollte auch bei der Schlemmerei dabei sein. Er war so eine große Stütze in der schlimmen Zeit und da er gern lecker aß, war das Dankeschön perfekt.

Beim Griechen war die Hölle los. Bei unserem Eintreffen sah es aus, als wäre nicht ein winziges Plätzchen frei, aber wir hatten zum Glück Plätze bestellt und der Kellner lotste uns im wahrsten Sinne des Wortes durch das Gedränge. Überall roch es lecker und wir freuten uns auf das gute Essen. Wie immer war es viel zu viel, aber zwischendurch gab es Ouzo zur Verdauung, wir ließen es uns gut gehen.

Und dann kam der nächste Morgen und ich fand mich plötzlich in meiner Welt nicht mehr zurecht. Alles, was jetzt kam, hatte nichts mit dem griechischen Essen oder dem Ouzo zu tun, es war die Quittung dafür, dass in der letzten Zeit für mich vieles zu kurz gekommen war. Ich lag im Bett und spürte, dass ich meine Arme und Beine nicht mehr bewegen konnte. Ich schaute mich im Schlafzimmer um und wusste nicht, wo oben und unten war. In meinem Kopf war so ein völliges Durcheinander, dass man es gar nicht beschreiben kann. Ich wusste nur, dass ich zur Toilette musste. Mein Blick nach links zeigte mir, dass Michael noch friedlich schlief. Ich versuchte, den Weg zur Toilette zu schaffen, schlich langsam an der Wand entlang wieder ins Bett und blieb noch eine Weile liegen. Ich merkte, dass es in meinem Kopf und in meinem Körper keine positive Veränderung gab. Der Wecker zeigte mir, dass ich mich für die Arbeit fertig machen müsste, aber dazu war ich nicht in der Lage. Ich würde weder die Vorbereitungen für einen Arbeitstag schaffen noch die Anforderungen des Tages. Ich weckte Michael und versuchte, ihm die Situation zu beschreiben. Er ging sofort ins Bad und zog sich dann an. Ich brauchte eine Vertretung, der Schlüssel musste weggebracht werden, mein Laptop stand auch noch am Arbeitsplatz – nichts dergleichen würde ich jetzt allein schaffen. Nicht mal an den Weg zum Arzt war zu denken.

Ich blieb im Bett liegen und schlief wieder ein. Eine seltene Situation für mich, aber darüber dachte ich nicht nach. Jahrelang hatte ich mit Schlafstörungen zu kämpfen, mehr als vier bis fünf Stunden wurden es nie. Warum sollte ich mir jetzt Gedanken machen, wenn mein Körper etwas nachzuholen hatte? Vielleicht war genau jetzt der Punkt erreicht, dass mir mein Körper die Richtung wies. Und das tat er sehr dramatisch. Er schlug mir einfach das Stoppschild um die Ohren und ich musste mich danach richten. Das tat ich auch. Ich dachte, genau jetzt gibt es nur dich und deine Gesundheit. Ich schaffte am nächsten Tag mit Michaels Hilfe den Weg zu unserer Ärztin. Sie fackelte gar nicht lange. Ich bekam für zwei Wochen einen Krankenschein und gute Ratschläge mit auf den Weg. „Ich brauche Ihnen nicht zu sagen, dass Sie seit langem Ihre Gesundheit vernachlässigt haben. Ich kenne die Gründe, sie sind nachvollziehbar. Aber bei Ihrem Mann scheint endlich alles in Ordnung zu sein, Sie müssen jetzt an sich denken. Ich möchte, dass Sie sich jetzt erholen und bitte nicht bügeln, putzen oder Fenster putzen."

Ich schlief zwei Tage durch. Zum Essen war ich wach und für kurze Telefonate, die Welt blieb draußen. Zwei Wochen nichts tun war für mich nicht mal langweilig. Ich entspannte, ich schlief viel, ging spazieren, genoss die Zeit mit Michael, das hatten wir lange nicht. Ab und zu ging ich mit Holger einkaufen, diese Gespräche brauchte ich, um die Welt nicht völlig zu vergessen. Die Zeit verging schnell, ohne dass ich daran dachte, große Aktionen im Haushalt zu planen. Ich tat das Nötigste, Wäsche waschen, kochen, Ruhe!

Und als die zwei Wochen vorbei waren, schrieb mich meine Ärztin noch eine Woche krank und ich war nicht böse darum. Meiner Gesundheit und mir konnte ich damit nur einen Gefallen tun und das wollte ich jetzt. Außerdem war im November bei der Arbeit nicht so sehr viel los und ich konnte noch etwas Kraft tanken für die Adventszeit, in der ich wieder alles geben musste.

Natürlich dachte ich in der ganzen Zeit viel nach, über die schlimmen Monate und unser neues Leben, wenn wir dann beide gesund waren. Ich kann meinem Körper Ruhe gönnen, meine Gedanken drehen trotzdem ihre Kreise. Und natürlich geht eine schlimme Zeit nicht so schnell aus dem Kopf. Ich wollte das alles aufarbeiten. Die beste Art hierfür ist für mich immer, alles aufzuschreiben, was mir durch den Kopf geht. So kann ich sortieren, analysieren und irgendwann abhaken.

Dabei stellte ich fest, wer in meinem Leben wichtig ist und auf wen ich mich verlassen kann. Michael ist das Wichtigste, was ich im Leben habe. Er kann sich in jeder Lebenslage zu hundert Prozent auf mich verlassen und genauso ist es umgekehrt, er wird auch immer zu mir halten.

Die Gespräche mit meinen Eltern und mit Karina haben mir in dieser schweren Zeit sehr geholfen und mir viel Kraft gegeben. Die innige Verbindung zwischen Eltern und Kindern ist da und bleibt ein Leben lang bestehen, auch wenn die Nabelschnur längst verschwunden ist.

Eine schlimme Zeit haben wir überstanden, aber ohne die Hilfe von Holger wäre diese Zeit noch schwerer geworden. Viele Dinge, nicht nur die Transportfrage wären ohne ihn nicht möglich gewesen. Und dafür bin ich unheimlich dankbar. Freunde erkennt man, wenn das Eis bricht. Und wir sind zum Glück nicht untergegangen.

Ich wusste, dass ich in der Zeit einen ganz großen Fehler gemacht hatte. Ich habe alle meine Sorgen immer nur nach hinten geschoben, dann ignoriert und einfach weiter gelächelt, als wäre ich der glücklichste Mensch auf Erden. Alles, was die Welt von mir erwartete, war Freundlichkeit bei der Arbeit und im privaten Bereich musste ich funktionieren. Das was gerade getan werden musste, musste ich tun und ich tat es. Ich dachte nicht lange darüber nach, aber ich spürte auch, dass ich mich selbst vergessen hatte. Die vielen Ängste, die ich in meinem Kopf immer wieder nach hinten schob, konnten dort eigentlich keinen Platz mehr haben. Irgendwann ist der Druck zu groß und es kommt zum großen Knall. Vielleicht hätte ich anstatt zu lächeln auch mal ganz laut schreien müssen.

Die Gründe für meinen Zusammenbruch lagen also klar auf der Hand. Aber mir war auch der Auslöser dafür bekannt. Ich wusste, warum es gerade jetzt passierte. Schon länger stellte ich fest, dass ich Angst vor der Adventszeit hatte. Auf jeden Fall stellte sich ein seltsames Gefühl ein, wenn ich an diese Zeit dachte. Ich arbeite gern, ich arbeite auch gern viel und lange. Die Arbeit mit Menschen ist so unheimlich interessant. Aber in diesem Jahr ging ich nicht so unbedarft an diese Zeit heran. Ich fühlte mich körperlich und seelisch schwach und ich hatte irgendwie schon lange das Gefühl, als wenn ich eine Pause brauchen würde. Nicht nur ein oder zwei freie Tage, sondern eine Erholung.

Meine Freizeit hatte ich in diesem Jahr für Anfälle, Klinik und die Besuche bei Michael genutzt. Auch mein Urlaub ging dafür weg. Und dann war natürlich noch der Führerschein, der nicht nur viel Zeit, sondern auch Nerven kostete. Unser gesamter Jahresurlaub waren genau drei Tage am Steinhuder Meer, in denen ich mit einer schlimmen Erkältung zu tun hatte. Der Urlaub war sehr schön, aber ich habe mich in der Zeit nicht erholt.

Ich wusste, dass mein Körper mir Grenzen aufzeigen konnte und mir war auch klar, dass er einfach mal völlig abschalten konnte, wenn ich mich nicht an die Spielregeln hielt. Hatte sich mein Körper deshalb vor der Adventszeit eine Auszeit genommen? Die Natur hat ihre eigenen Gesetze und das sind nicht mal die schlechtesten. Ich war darum auch sehr froh, dass eine Hilfe eingestellt wurde. Holger sollte mich in der Adventszeit an drei Wochenenden unterstützen und dass ich mich auf ihn verlassen konnte, das wusste ich bereits. Ich ging also mit einem ganz anderen Gefühl und viel sicherer an diese Aufgabe heran.

Die Adventszeit verlief sehr gut. Es gab viel zu tun, aber es lief zu zweit alles bestens. Es waren lange Tage, aber zum Glück blieben wir von strengem Frost verschont und es war ein schönes Arbeiten. Mir selbst ging es gut und um Michael brauchte ich mir auch keine Sorgen zu machen.

Mit Beginn des neuen Jahres konnte ich mich wieder auf eine ruhige Zeit freuen. Ich empfand es zwar nicht als reine Freude, wenn es zu ruhig war, aber ich hatte einen Plan im Kopf, den ich so in die Tat umsetzen konnte. Ich wollte die letzten zwei Jahre nicht nur für mich schriftlich festhalten, sondern eventuell über diese Geschehnisse ein Buch schreiben. Ob ich das vollenden würde, wusste ich noch nicht. Ich stellte es mir auch nicht einfach vor, aber ohne den Versuch zu unternehmen würde ich es auch nie wissen. Vielleicht ging es ja gar nicht so schlecht, die vielen Gedanken in meinem Kopf in die richtige Form zu bringen. Ich besaß etwas Kreativität und ich war auch in der Lage, mich schriftlich in ansprechender Form auszudrücken. Es kam also auf einen Versuch an. Ich hatte durch das Anfall-Tagebuch eine Aufzeichnung über das Geschehene, wie man es besser nicht haben kann. Daraus ließ sich etwas machen und das hatte ich vor.

Wie sah unser Leben jetzt aus? Was hatte sich verändert? Was hatten wir in Zukunft vor? Ich hatte immer noch den gleichen Arbeitsplatz wie in den letzten beiden Jahren. Im Winter war es etwas ruhiger, in den

Monaten von April bis Oktober war Saison und es ging immer hoch her, besonders an den Wochenenden. Und die Hoch-Zeit blieb die Adventszeit.

Die gesundheitliche Situation hatte sich total verändert. Es gab keine Anrufe mehr mit dem Hinweis „Mir geht es nicht gut, ich lege mich ins Bett." Alle Ängste und Sorgen waren verschwunden und wir verschwendeten auch keinen Gedanken daran, dass so etwas in Zukunft noch einmal passieren könnte. Das fand in unseren Gedanken nicht mehr statt und es war ein herrliches Gefühl.

Wir beschlossen gemeinsam, dass bei jedem neuen Dienstplan sofort zwei Tage im Monat für gemeinsame Unternehmungen frei gehalten werden. Fahrten in den Harz, Radtouren, Schwimmbad oder Sauna. Zeiten, in denen die Freizeit für den Haushalt oder für Arztbesuche genutzt werden, wollte ich so gering wie möglich halten.

Und wir hatten noch einen anderen tollen Gedanken und Wunsch im Kopf, um unter diese beiden schweren Jahre einen krönenden Abschluss zu setzen. Mit einer Reise nach Norwegen wollten wir endlich den Sonnenschein in unser Leben zurück bringen. Es war ein sehr harter Kampf, zu Anfang der Saison eine Woche Urlaub zu erhalten. Ich hatte einfach die Meinung, ich brauche diese Zeit unbedingt für mein Seelenheil und vielleicht hätte ich mir das sogar verdient. Von Seiten der Geschäftsführung wurde das ganz anders gesehen und ich war froh, als dann auf dem Dienstplan für Mai wirklich eine Woche Urlaub eingetragen war. Uns blieb nichts anderes zu tun, als uns riesig zu freuen.

Und da war er dann endlich, der erste Urlaubstag, der erste von zehn freien Tagen. Wir brauchten erst zum Mittag losfahren, die Leute in der Jugendherberge erwarteten uns nicht vor 16:00 Uhr. Wir hatten also noch ein bisschen Zeit. Ich musste noch dienstliche Wege erledigen und privat noch ein wenig Urlaubsgeld von der Bank holen…
Etwas einzupacken gab es auch noch, ein wenig Wäsche, viele Lebensmittel. Michael wollte unbedingt noch am Auto rumputzen. Es war zwar erst vor kurzem in der Waschanlage, aber zum Urlaub braucht man ein sauberes Auto. Wirklich? Funktionstüchtig und vollgetankt, das ist wichtiger!

Um 12:20 Uhr war dann die offizielle Abfahrt, das heißt, wir rollten vollbeladen vom Gehöft. Typischer Freitag auf den Straßen, also wie es so schön heißt „hohes Verkehrsaufkommen". Und unheimlich viele

Baustellen. Der Winter war lange vorbei und es musste wieder überall rumgebuddelt werden. Bei der Beanspruchung der Straßen war das auch alles nötig. Die Fahrt dauerte etwas länger als normal, dafür hatten wir an der preiswerten Tankstelle in Schleswig wieder Glück und tankten sofort voll. Zehn Cent weniger als in der Heimat, da blieben keine Wünsche offen. Wir erreichten die Jugendherberge erst um 17:20 Uhr, aber da noch einmal Gäste erwartet wurden, hatten wir niemandem die wertvolle Freizeit geraubt.

Nach einem ganz tollen Frühstück fuhren wir am nächsten Tag um 7:30 Uhr los. Nur wenige Kilometer bis zur dänischen Grenze, also konnte ich noch schnell Textnachrichten mit dem Handy verschicken. Und dann mussten wir zügig Kilometer schaffen. Um 10:00 Uhr erlaubten wir uns eine kleine Pause in Randers. Zeit für das Nötigste,

Toilette, etwas trinken und einen Happen essen. Es war unheimlich windig und sehr kalt. Die Dänen und Norweger, die auf dem Parkplatz neben uns standen, liefen mit kurzen Hosen und barfuß. Das werde ich nie verstehen, meine Füße waren eiskalt.

Dann ging es weiter. Wir waren bei Hustenbonbons angekommen und bei Musik aus Michaels Schatztruhe. Er bezeichnete das als Überraschung, wir erlebten Ramba Zamba und Kelly-Family, absolut nicht meine Welle, aber von Weihnachtsmusik blieb ich zum Glück verschont. Unsere Stimmung war fantastisch, das Wetter hielt sich gerade so im grünen Bereich, wir lagen gut in der Zeit und ich trällerte bei allem mit. Meine Sympathie für diese Musik hielt sich trotzdem in Grenzen.

Und dann erfüllte sich mal wieder unser Albtraum. Den Ort Aalborg hatten wir in ganz schlechter Erinnerung und waren uns sicher, das könnte uns doch nicht noch einmal passieren. Genau das! Hier verfuhren wir uns wieder, landeten wieder mitten im Zentrum. Michael wurde sofort nervös, „die Fähre schaffen wir nicht mehr". Mir ging es innerlich nicht anders, ich war entsetzt und wagte nicht weiterzudenken. Ich hatte sofort das Gefühl, die Zeit läuft uns davon. Aber ich war überzeugt, dass wir die Fähre noch erreichen und ich musste Michael jetzt Mut machen und ihn ruhig halten. Es regnete inzwischen sehr stark, der ganze Himmel war voller Wasser. Wir mussten so schnell wie möglich auf die Autobahn zurück, kämpften uns aber mühsam von einer roten Ampel zur anderen. Noch 69 Kilometer waren es bis Hirtshals und die Fähre würde in 45 Minuten starten. Eigentlich sollten wir jetzt schon im Hafen sein und uns zum Einchecken vorbereiten.

Ich musste Michael und mich selbst beruhigen. „Wir schaffen die Fähre! Und sollte es wirklich zu spät sein, können wir die Tickets vielleicht für die nächste nutzen, wenn da noch ein Plätzchen frei ist". Skandinavien steht für ruhige Fahrweise und hohe Strafen, wenn man sich nicht daran hält. Wir rasten jetzt mit fast 150 km/h über die Autobahn, die meist nur für 120 km/h zugelassen ist. Normalerweise halten wir uns an Geschwindigkeitsbegrenzungen, aber jetzt hieß es „Hopp oder Top"?

Welchen Schutzengel hatten wir jetzt neben uns? Wir wussten es nicht und werden es auch nie herausfinden. Wir erreichten den Hafen von Hirtshals, zeigten unsere Papiere am Schalter, ernteten ein freundliches Lächeln und fuhren als letzte auf die Fähre. Die Servicekräfte lachten und riefen „Und jetzt ist Schluss!" Wir stiegen aus, machten unser Auto fest und schon startete die Fähre.

Fast wäre unser Traum geplatzt, aber jetzt konnte uns nichts mehr passieren. Viele Steine fielen vom Herzen, wir mussten uns vor Freude erst einmal umarmen.

Wir kamen mit etwas Verspätung an, natürlich nicht wegen uns. Gegen 15:30 Uhr fuhren wir in Norwegen von der Fähre. Um 17:30 Uhr waren wir endlich im Häuschen gelandet. Eine fremde Frau begrüßte uns. Der Sohn des Vermieters hatte bei unserem letzten Besuch eine nette Frau mit drei Kindern. Jetzt gab es eine neue Frau und mit ihr hatte er auch schon zwei Kinder. Wir waren fünf Jahren nicht hier, da schafft man als Wikinger einiges in diesem kinderfreundlichen Land. Im Häuschen begrüßte uns eine neue Küche, modern und sehr hübsch. Wir fingen mit dem Auspacken an und kochten sofort Kaffee. Michael suchte gleich die deutschen Sender im Fernsehen, Fußball war angesagt. Auf das Ende der

Bundesligasaison wollte er auch in Norwegen nicht verzichten.

Und dann führte uns unser Weg an den Skagerrak, auch hier hatte sich viel verändert. Der Husebyparken war nicht mehr zu erkennen. Wo vorher die roten Holzhäuser waren, befand sich jetzt ein gewaltiger Parkplatz. Und dann sahen wir die riesige Sporthalle, die dahinter gebaut wurde. Jetzt wurde uns klar, dass diese vielen Parkflächen gebraucht wurden.
Jeden Abend, wenn wir zum Strand gingen, waren hier viele Kinder beim Training.

Wir zogen weiter an den Strand und waren zum zweiten Mal verwundert. Zum Wasser führte nur noch ein ganz schmaler Weg, der Rest war jetzt Kuhweide. Na gut, so breit sind wir ja nicht und ans Wasser wollten wir auf jeden Fall täglich. Es war zwar jetzt schon hundekalt und stürmisch, aber wir wussten zu der Zeit noch nicht, dass dieses Wetter noch das Beste für diesen Urlaub war. Unsere Urlaubswoche bestand leider zum größten Teil aus Sturm und Regen, Sonne sahen wir selten.

Am Sonntag war der 17. Mai. Alle Norweger begingen ihren Nationalfeiertag und wir durften dabei sein. Um 5:30 Uhr strahlte noch die Sonne vom Himmel. Es sah gut aus, als ich das erste Mal wach wurde und aus dem Fenster schaute.

Ich hatte Schmerzen im ganzen Körper, die langen Autofahrten von gestern und vorgestern waren ungewohnt für meinen Körper, der sonst meist am Laufen ist. Aber die Seele jubelte laut „Hurra, wir sind in Norwegen". Und es war Urlaub und Ruhe angesagt, also konnten wir noch im Bett liegen bleiben. Dann hörte ich seltsame Geräusche, Hagelstürme prasselten vom Himmel, die Welt war plötzlich dunkelgrau. Wetterwechsel: Um 9:00 Uhr saßen wir bei

Sonnenschein am Frühstückstisch, in aller Ruhe. Dann machten wir uns langsam bereit für den Nationalfeiertag. Wir fuhren in den Hafen von Farsund und erlebten dort ein Volksfest. Leider passte das Wetter nicht zu der fröhlichen Stimmung, zwanzig Minuten Sonne wechselten mit fünfzig Minuten Regenstürmen ab. Das war nicht sehr angenehm und auch ziemlich kalt.

Trotzdem stellten die Norweger etwas auf die Beine, fröhliche Menschen, Ansprachen und dazwischen Musikkapellen. Die Mädchen gingen in historischer Tracht und mit iPhone am Ohr. Unpassend? Nein, es wirkte durchaus normal, die Jugend lebt mit den Traditionen und mit der Moderne. Übrigens, in der hübschen Tracht liefen schon die ganz kleinen Kinder. Und das alles barfuß? Na klar, die Wikinger sind nicht so verwöhnt wie der Rest der Europäer. Ich hatte Not, meine Füße warm zu halten und die Skandinavier liefen bei sieben Grad Plus ohne Strümpfe.

Den Stadtteil hinter dem Hafen von Farsund kannten wir noch nicht, den sahen wir uns an und stellten fest, so klein ist Farsund gar nicht. Wieder wurde der Himmel schwarz und es goss wie aus Kannen. Inzwischen war es fast 14:00 Uhr, wir fuhren wieder nach Hause. Wir wollten wieder trocken werden, wir hatten Hunger und insgesamt war uns ganz schön kalt. Wir hatten uns einen frühen Reisetermin ausgesucht, aber es erstaunte uns doch, dass die Winterjacke mit Fellkapuze für Mitte Mai ideal war. Auch Winterstiefel und Handschuhe wären nicht übertrieben gewesen.

Das Mittagessen brachte etwas Wärme in unsere Körper. Danach hatten wir das Ziel Leuchtturm Lista fyr, den Weg kannten wir noch. Am wunderschönen Strand kurz vor Borhaug war noch einmal Zeit für eine kleine

Rast. Da uns kurzzeitig wieder die Sonne besuchte, liefen wir noch eine Weile am Strand entlang.

Leuchtturm und Museum von Lista fyr waren geschlossen. Es war Sonntag, aber vielleicht hatte die Saison noch gar nicht begonnen? Auch hier oben war es so stürmisch und kalt, dass wir sofort die Kapuzen über die Ohren zogen. Wer sich im Urlaub Gedanken um die Frisur macht, ist an der Küste Norwegens am falschen Platz. Meine Frisur hatte mit viel gutem Willen eine Vier verdient.

Auf dem Rückweg zum Häuschen hatten wir eine ungeplante aber angenehme Pause, weil in Vanse ein Umzug zum Nationalfeiertag stattfand. Sehr interessant! Wieder kam ein starker Regenguss und wir blieben im Auto sitzen, bis der Umzug vorbei war. Nun war es inzwischen fast 17:00 Uhr und wir hatten Appetit auf Kaffee, dabei wollten wir die

Fotos anschauen und den Tag noch einmal in Gedanken durchgehen.

Am Montag wurden wir mit Sonne geweckt. Wir hatten noch einmal Farsund auf dem Plan, ein wenig einkaufen musste sein. Bei den Preisvergleichen stellten wir fest, dass auch im schönen Norwegen einiges teurer geworden war. Einige Läden besuchten wir trotzdem und schauten uns in Ruhe um, da das Wetter wieder auf Sturm und Regenschauer geschaltet hatte.

Dann wurde es Zeit für die Heimfahrt, das Mittagessen war schnell verputzt und da es immer noch regnete, erlaubten wir uns eine kleine Mittagsruhe. Nach dem Kaffee zogen wir zum Strand. Das Wetter war kurzzeitig zu ertragen und am Freizeitpark spielten wir Kindheit. Ich ließ mich von der Riesenschaukel wiegen, Michael kickte mit dem Ball über den Rasen und traf das Tor nicht mehr. Direkt neben dem Fußballplatz grasten zottelige Kühe mit ihrem süßen Nachwuchs. Sie schauten mich groß an und drehten sich wieder weg, ich war uninteressant.

Am Strand war es sehr kalt und stürmisch und es begann auch schon wieder zu regnen. Wir waren immer noch mit Winterbekleidung unterwegs. Das war zwar ungewöhnlich, aber nicht zu ändern. Wie viele Regenschauer hatten wir an den drei Tagen schon? Immerhin hatten wir zwischendurch auch immer wieder schöne sonnige Abschnitte, zum Glück.

Ab 17:00 Uhr hatten wir dann Dauerregen mit Sturm. Die ganze Nacht hörte ich rundherum nur Sturmgebrüll und das Prasseln vom Regen an den Fenstern. Ich hatte das Gefühl, als wenn es nie wieder aufhören wird und am nächsten Morgen war ich froh, dass unser Häuschen nicht weggeflogen war. Ich sah angenehme Bilder vor mir, die ich noch von der letzten Norwegenreise im Kopf hatte. Ich sah nur Sonne vor mir, schöne Landschaften, fröhliche Menschen. Ich wurde etwas traurig bei dem Gedanken, welche Hoffnungen wir mit diesem Urlaub verbunden hatten. Es sollte die Stärkung der Seele sein, der Abschluss unserer schlimmen Zeit und die Umkehr zum Sonnenschein. Sonnenschein, den wir wieder in unser Leben bringen wollten. Sonne? Wo?

Ich dachte auch daran, was dieser Urlaub für Opfer gefordert hat. Nicht nur finanziell, einen Norwegenurlaub gibt es nun mal nicht für 100 Euro. Mir fiel auch der Kampf mit meinem Chef ein, um in dieser Zeit überhaupt eine Woche Urlaub zu erhalten. Ich hatte die Erwartung, dass uns der Urlaub auch etwas zurück gibt. Natürlich war das die völlig falsche Denkweise. Norwegen gibt immer ein gutes Gefühl zurück und das Wetter ist nun mal nicht planbar.

Am nächsten Tag hatten wir zum Frühstück tatsächlich fast eine Stunde Sonne, die Welt sah kurzfristig gut aus. Dann bezog sich der ganze Himmel mit dunkelgrauen Wolken und der nächste Regenguss stand über uns. Michael ging ins Bad und ich stand am Fenster und schaute auf die Wassermassen. Ich heulte wie ein Schlosshund. Was ich da sah, kann niemand verdient haben.

Egal, was passierte, wir stiegen trotzdem ins Auto und fuhren los. Mandal stand auf dem Plan und wir wollten mit Spaß dorthin. Wir wollen nicht ungerecht sein, fast zwei Stunden konnten wir wirklich genießen, bevor der nächste Regen kam. Und wir freuten uns über trockene Abschnitte und genossen es. Michael fand ein tolles Basecap, wir kauften uns ein Trollpärchen und ich nahm mir noch warme Socken mit, es waren Elche drauf. Vielleicht kriege ich ja doch irgendwann meine Füße warm. Auf der Rückfahrt konnten wir es uns wettermäßig sogar erlauben, ein kleines Picknick am Waldesrand zu machen.

Es war 16:00 Uhr, als in unserem Häuschen endlich der Kaffee vor uns stand, ich schaute mir die Fotos an und wollte auch gleich die Ansichtskarten schreiben. Michael war auf dem Sofa eingeschlafen.

Am Mittwoch war unser Hochzeitstag, also wollten wir „Hochzeitsmittwoch" feiern und wir hatten die Sonne dazu eingeladen. Und das war auch das erste, was wir am Morgen sahen, die Sonne! Sie strahlte über das ganze Gesicht. So viel Mühe für ein alterndes Pärchen? Und das wollten wir für den ganzen Tag, das war unser Wunsch. Wir wollten den Leuchtturm Lindesnes besuchen und wir wollten die Sonne dabei haben. Zuerst besuchten wir in Farsund noch zwei Souvenierläden, aber was Michael suchte, fanden wir nirgends. Das war nicht weiter ein Problem, wir hatten alles, was wir brauchten und wir hatten auch schon unsere Andenken. Wir fuhren also los in Richtung Lindesnes. Unterwegs durstete unser Auto, es wollte uns auf den niedrigen Benzinstand hinweisen und wir gaben eine Menge Geld dafür her. Die Hauptsache war, dass das Geld für die Zeit in Norwegen reichte. Mitnehmen wollten wir nichts und wir wollten auch auf der Fähre nichts mehr zurücktauschen, da der Kurs in dem Fall nicht so günstig war.

Die Strecke zum Leuchtturm war fantastisch und das Wetter noch besser. An vieles konnten wir uns noch erinnern. Diese herrlichen Buckelfelsen, Wasser, strahlend blauer Himmel mit Sonnenschein, weiße Holzhäuser, rote Häuschen, die Reste des alten Leuchtturms, der neue Leuchtturm mit Geburtsjahr 1915... Und dann dazwischen dieses ältere Pärchen am Hochzeitstag. Wir fühlten uns wohl, das hatten wir der Sonne zu verdanken. Aber es war auch ein ganz herrliches Stück Erde, für uns die schönste Gegend im Süden von Norwegen.

Wir hielten uns lange am Leuchtturm auf. Es gab so viel zu sehen, das Wetter meinte es mal richtig gut mit uns und das mussten wir ausnutzen.

Auch abends hatten wir noch schönes Wetter und es zog uns nichts in unser Häuschen, also gingen wir noch einmal an den Strand. Und wieder tummelten sich auf dem Sportplatz viele Kinder. Auf dem kleinen Platz war Fußballtraining, auf dem größeren Platz sollte ein Punktspiel stattfinden, die Jungs zwischen zehn und zwölf Jahren waren schon beim Warmmachen. Wir hatten eine große Wanderung am Wasser hinter uns und es wäre Zeit fürs Abendbrot. Aber Michael wollte noch ein bisschen zuschauen. Ich ging allein zum Häuschen, nicht ohne ihn vorher an den Hochzeitstag zu erinnern. „Ich stelle den Sekt schon mal kalt." Trotzdem dauerte es zwei Stunden, bis ich meinen Mann wiedersah. Aber das war in Ordnung. Beim Thema Fußball schlägt sein Herz schneller. Und um 21:00 Uhr schmeckte uns der Sekt genauso gut. Wir hatten einen ganzen Tag Sonne und da sind alle Unternehmungen außerhalb des Häuschens eine gute Wahl.

Für den nächsten Tag hatten wir eine Fahrt nach Flekkefjord geplant. Michael zeigte sich zunächst davon nicht begeistert. Ich war auf jeden Fall dafür, jede Stunde auszunutzen, die wir ohne Regen verbringen durften. Dann tauchte der Vermieter des Häuschens im Hof auf, den wir noch von unserer letzten Reise kannten und die Männer redeten eine ganze Weile. Ich fragte mich, was sie wohl austauschen mochten. Michael konnte kein Norwegisch und auch kein Englisch und der Vermieter hatte Schwierigkeiten mit der deutschen Sprache.

Von Farsund bis Flekkefjord durften wir insgesamt vierundzwanzig Tunneldurchfahrten genießen. In Norwegen hatte ich keine Angst mehr vor den Tunneln. Sie sind gut beleuchtet, die Norweger fahren vorsichtig und es ist bekannt, dass die Norweger wahre Künstler im Brücken- und Tunnelbau sind. Die Berge um Flekkefjord herum sind gigantisch, malerisch, einfach schön anzuschauen. Das zeigte sich ganz besonders bei der Einfahrt nach Flekkefjord. In der Innenstadt sah man davon leider nicht mehr viel.

Bei dem Bummel durch die Stadt erkannten wir vieles wieder, aber auch hier wurde viel gebaut und wir fanden die Touristinformation nicht wieder. Dunkle Wolken hingen wieder über uns, aber es war zum Glück trocken.

Kurz vor 17:00 Uhr waren wir wieder in unserem Häuschen und brauchten Kaffee.

Die Fahrt war anstrengend und machte müde. Ich schaute mir noch die Fotos an und räumte ein bisschen auf, der Kaffee schmeckte auch nebenbei. Michael schlief wieder auf dem Sofa ein, sein Kaffee war noch nicht ausgetrunken. Vor dem Abendbrot wollten wir noch unsere Strandrunde drehen, das Wetter ließ es gerade zu. Zuerst kamen wir am Sportplatz vorbei, dort war wieder Training wie an jedem Abend. Heute sahen wir die ganz kleinen Jungs, die waren höchstens sieben oder acht Jahre alt, also in der zweiten Klasse.

Am Strand pfiff wieder ein eisiger Wind. Es war aber endlich mal ein Schiff zu sehen. Michael hatte sein Fernglas dabei und schaute, bis das Schiff vom Horizont verschwunden war.

Das war eigentlich schon unser vorletzter Tag. Er war wettermäßig nicht ganz so wie der gestrige, aber wir konnten damit zufrieden sein. Und abends, etwas müde und kaputt, ließ ich die Gedanken schweifen. Ich beschäftigte mich schon mit dem Packen, mit der Rückfahrt, mit dem Ankommen in der Heimat. Eigentlich traurig, aber der Abschied streifte uns schon ganz leicht. Für den letzten Tag war sowieso keine große Tour mehr geplant. Natürlich wollten wir unseren Lieblingsstrand mit dem tollen Felsen ganz lieb verabschieden. Auch der Leuchtturm Lista fyr sollte noch einmal besucht werden und eine gründliche Säuberung war im Haus nötig. Das Packen wollten wir erst am Abend erledigen. Und wir hatten auch noch ein paar Kronen übrig. Die norwegische Wirtschaft konnten wir damit nicht ankurbeln, die war stabil. Aber wir wollten nichts mit nach Hause nehmen.

Es war 20:30 Uhr! Und was passierte jetzt? Der nächste Regen hatte den Weg zu uns gefunden, das hatten wir ja schon lange nicht. Also war doch der Mittwoch der beste Tag des ganzen Urlaubes. Das hatte die Sonne auf unser Bitten hin extra so eingerichtet, dass sie uns zum Hochzeitstag besuchen kam. Und wir hatten es super geplant, an diesem Tag die beste Tour zu unternehmen. Trotzdem hätten wir gern ein paar mehr Tage und Stunden mit der Sonne verbracht.

Der Freitag war der letzte Tag. Wann fing es gestern mit dem Regen an? Es hatte die ganze Nacht geregnet und an Ausdauer fehlte es dem Wasser nicht. Es war schon weit nach Mittag und wir schauten immer noch dem Fluss beim fließen zu. Was hatten wir heute eigentlich vor? Strandabschied? Im Moment wäre es sehr mutig. Wir würden hinterher nicht wieder trocken werden. Der Leuchtturm Lista fyr? Wir würden ihn nicht zu sehen bekommen, zurzeit verschwand alles im Nebel, Regen oder Dunst. Außer grau in verschiedenen Abstufungen gab es keine andere Farbe. Abschiedswetter wäre schon in Ordnung, aber was der Wettermacher uns da am Himmel zeigte, war eine sehr große Strafe.

Unser Plan war eigentlich, uns in Dänemark den Hafen von Hirtshals anzuschauen. Deshalb hatten wir auch die Übernachtung in Schleswig geplant. Beides lockte uns nicht mehr so sehr. Die Entscheidung, dann gleich nach Hause zu fahren, dorthin, wo die Arbeit wartete, fiel uns beim Blick aus dem Fenster nicht schwer. Es würde eine Weile dauern, bis alles wieder ausgepackt, gewaschen und an seinen Platz geräumt war. Und der Urlaub war dann auch vorbei, leider! Pfingstmontag war wieder Alltag angesagt und ich hoffte, viele entspannte Touristen würden den Weg zu uns finden, natürlich bei besserem Wetter.

Der Abschied vom Strand fiel also ins Wasser, im wahrsten Sinne des Wortes. Strandwetter fand an einem anderen Strand statt. Wir hätten unsere Sachen bis zum nächsten Tag nicht mehr trocknen können. Es war schade und wir waren sehr traurig. Wir fuhren am Samstag sehr früh los, natürlich im Regen, auf der Fähre schien die Sonne. Die Fahrt durch Dänemark lief im ständigen Wechsel zwischen Sonnenschein und sehr dunklen Wolken. In Schleswig erledigten wir wieder das Tanken und meldeten uns in der Jugendherberge. Dort wurden wir erwartet. „Das ist aber schade, dass Sie nicht mehr bei uns übernachten. Aber wir hoffen, Sie kommen mal wieder". Diese Hoffnung würden wir gern teilen, aber im Sommer Urlaub zu erhalten wäre für mich immer wieder ein Problem.

In Schleswig war noch eine kleine Rast geplant. Michael sollte sich im Auto etwas erholen, auch mal kurz die Augen zumachen und ich lief durch die Stadt, um noch die nötigen Einkäufe zu erledigen. Aber der Supermarkt hatte leider schon geschlossen. Ich wurde von der Sonne begleitet. Ich telefonierte mit Karina, wir sprachen eine ganze Weile und auch sie war nicht begeistert, dass wir wettermäßig so einen schlechten Urlaub hatten. Dann meldete ich mich bei Holger an „Die Heuschrecke ist wieder in Deutschland!"und er versprach mir, uns noch Toastbrot zu besorgen, damit die armen alten Menschen nicht hungern müssen.

Es war viel los auf den Straßen, wir legten noch einige Pausen ein und waren erstaunt über die Wärme, die uns entgegenkam, wenn wir die Autotüren öffneten. Um 22:00 Uhr kamen wir zu Hause an und Holger stand mit dem Toastbrot vor unserer Tür. Es war schon spät, aber das war jetzt egal. Wir tranken

Kaffee und erzählten von der Reise und dem schlechten Wetter.

Ich hatte noch einen freien Tag, um wieder Ordnung in die Wohnung zu bringen. Nachmittags gingen wir durch die Stadt. Wir brauchten keine Jacke, an Fellkapuze war schon gar nicht zu denken. Die Sonne schien und es waren über zwanzig Grad, wir gingen kurzärmelig. Ich holte gleich den Schlüssel für meinen ersten Arbeitstag und ich freute mich, dass der neue Dienstplan schon auf dem Tisch lag. Gleich neun Tage hintereinander durchziehen und für den ganzen Monat nur vier einzelne freie Tage. Damit hatte ich nicht gerechnet. Sollte dieser Urlaub einen kleinen Erholungseffekt erzielt haben, wäre der wohl bald wieder verschwunden. Egal, es war schön, dass die Sonne schien und ich freute mich auf die Arbeit.

Mit diesem Urlaub sollte unsere Geschichte ihr Ende finden. So war der Plan. Damit sollte der Schlussstrich unter eine schlimme Zeit gezogen werden, die Umkehr zum besseren Leben. Das mit dem Sonnenschein war ja völlig danebengegangen und wir waren auch lange Zeit darüber enttäuscht und traurig. Nach längerer Zeit und vielen Überlegungen wussten wir, dass wir das schönere Leben und die Sonne schon gefunden hatten. Es ist ein wunderbares Gefühl, in Norwegen zu sein. Das Land und die Menschen sind etwas Besonderes, aber es hat nichts mit der Qualität unseres weiteren Lebens zu tun. Das haben wir selbst in der Hand und wir haben jetzt wieder die besten Voraussetzungen dafür.

Unser Vorhaben, in jedem Monat mindestens einen freien Tag für ganz besondere Unternehmungen zu nutzen, setzten wir sofort in die Tat um. Schon Ende Juni war an meinem freien Tag fantastisches Wetter. Die Fahrt nach Hahnenklee war lange geplant und der Tag wurde von strahlendem Sonnenschein begleitet. Mit dem Besuch der Stabkirche kamen die skandinavischen Gefühle und wir betrachteten diesen wunderbaren Tag als Entschädigung für den verregneten Urlaub. Wir möchten in Zukunft noch viele von diesen Tagen erleben. Egal, ob Fahrten in den Harz, Sauna und Schwimmhalle oder mal ein ganz kleiner Kurzurlaub, wir werden es genießen. Und wir werden in Zukunft unsere Freizeit optimal nutzen.

Wie schön wäre die Welt, wenn alle Menschen in ihrem Leben auf drei Dinge achten würden: jeden Tag zu genießen, Gutes zu tun und mit Respekt und Freundlichkeit füreinander da zu sein.

E n d e !

Herstellung und Verlag:
BoD-Books on Demand, Norderstedt
ISBN 978-3-7386-4861-4

FSC
www.fsc.org

MIX
Papier aus verantwortungsvollen Quellen
Paper from responsible sources
FSC® C105338